蘇軾詩選

蘇軾 著

徐續 選注

潘步釗 導讀

| 責任編輯 | 許正旺 |
| 書籍設計 | 任媛媛 |

書　　名	蘇軾詩選
著　　者	蘇　軾
選　　注	徐　續
導　　讀	潘步釗
出　　版	三聯書店（香港）有限公司
	香港北角英皇道 499 號北角工業大廈 20 樓
	Joint Publishing (H.K.) Co., Ltd.
	20/F., North Point Industrial Building,
	499 King's Road, North Point, Hong Kong
香港發行	香港聯合書刊物流有限公司
	香港新界荃灣德士古道 220-248 號 16 樓
印　　刷	美雅印刷製本有限公司
	香港九龍觀塘榮業街 6 號 4 樓 A 室
版　　次	1998 年 6 月香港第一版第一次印刷
	2020 年 4 月香港第二版第一次印刷
	2022 年 6 月香港第二版第二次印刷
規　　格	特 32 開（105 mm × 165 mm）328 面
國際書號	ISBN 978-962-04-4621-4

© 1998, 2020 Joint Publishing (H.K.) Co., Ltd.

Published & Printed in Hong Kong

再版說明

"三聯文庫"自一九九八年出版,遴選中外文學代表作,包羅古今文類。文庫前後收錄小說、詩詞、散文、戲劇、翻譯作品等八十二種,為讀者提供豐盛的文學滋養,有利於讀者輕鬆閱讀、欣賞經典。

文庫初版時值本店成立五十週年,如今本店已逾從心之年,故將重版本文庫以作紀念。為滿足大眾讀者需求,是次再版仍維持優惠的定價,設計則凸顯書本手感與閱讀內文的舒適度,更特邀資深中文科老師、作家撰寫導讀,引導讀者品賞名作。

為保全作品原貌,編輯不對原書內文作明顯改動,只修訂部分文字、標點、注釋資料等錯處,以示尊重。雖經細緻校正,惟編輯水平所限,錯漏難免,懇請讀者指正。

三聯書店(香港)有限公司

出版部

二〇二〇年一月

目錄

導讀

潘步釗

讀蘇軾詩不容易，在於其思想雜，數量多，也在於他創作時期的跨度很長，由最早印行的《南行集》到離世，中間歷經共四十多年之久。本書所選蘇軾詩作，由他二十六歲，初出茅廬的年青歲月，到逝世前一年的都有。細讀，可以發現其中的思想和技巧，確有不少變化和發展。蘇軾詩書畫三絕，是中國歷史上的藝術全才，文學上的成就亦不止在詩歌，思想上也不是隨便用儒佛老莊，任何一種就可簡單概括，這種企圖用概括的描述來形容天才詩人，從來都很容易失焦旁落，對蘇軾更是如此，只要看後人企圖用"豪放派"來為他在詞史上定型，結果謬之千里，這就是明顯例子。

從內容言，蘇軾詩和傳統文人相近。他一生所寫的詩歌，既有關心政治、恤念百姓，抒發情性和寫景懷人，可謂豐富繁多，其中贈別酬酢的作品也不少。評論和分析蘇詩，大抵都會諸點並陳，不大遺漏，過程中，一個傳統知識分子的詩人形象，亦清楚可見。只是仔細分析，這些不同種類或內容的詩作，會隨著蘇軾生活順逆和仕途浮沉而出現，這對於文學和文人，亦很正常不過。王水照說：“蘇軾在任職時期和貶官時期確有兩副胸襟，兩幅筆墨。”（《蘇軾選集·前言》）談蘇詩特色，也不是運用簡單概念就可以言盡，有時“豪健清雄”，有時“平淡自然”，有時又會“縱筆放曠”，這在本書的“前言”部分有詳盡介紹，讀者可以細讀。

　　蘇軾詩的第一特色是語言自然率直，下筆自由揮灑，這與蘇軾個性相關，所以清代王文誥說：“無此一路詩，即非公之所以為人。”（《蘇軾詩集·卷六》）這樣的特色，令他的詩作一方面能抒寫個性，另一方面也率直真摯而富有情味，雖有時會失之粗率，但放筆縱意，有一氣呵成之感，就如他自己說的：“當其下手風雨快，筆所未到氣已吞。”（《王維吳道子畫》）同一物象，在他筆下可以展現不同的詩意，像描寫荔枝的作品中，既有個人情性的抒發：“人間何者非夢幻，南來萬里真良圖"（《四月十一日初食荔枝》），也有因物而喜的自由個性："日啖荔枝三百顆，不辭長作嶺南人"（《食荔枝二首（其二）》）；同時亦有感世傷時的濟世關懷："我願天公憐赤子，莫生尤物為瘡痍。"（《荔枝嘆》）

　　讀蘇軾詩，技巧手法仍然值得重視。蘇詩最常為人稱道的是運用比喻。不論中西方文學，都強調比喻的重要和藝術功能，先秦諸子散文簡直就是比喻的「大觀園」。錢鍾書評蘇軾詩，首先就強調了他這方面的特色："他在風格上的大特色是比喻的豐富、新鮮和貼切，而且在他的詩裏還看得到宋代講究散文的人所謂'博喻'或者西洋人所稱道的莎士比亞式的比喻。"（《宋詩選注·前言》）這是蘇軾詩的重要技巧，也是重要的藝術特色，他一生所作的詩歌，無論哪一時期、哪個空間，都可以見到運用比喻的精妙高明。由他年青時期所寫而千古有名的《和子由澠池懷舊》的人生比喻：

　　人生到處知何似，應似飛鴻踏雪泥；泥上偶然留指爪，鴻飛那復計東西。

一直到其他像三十八歲壯年寫西湖的《飲湖上初晴後雨》，西湖比西子，歷來廣受稱道。《贈劉景文》的"荷盡已無擎雨蓋，菊殘猶有傲霜枝"，體物貼切入微，又自明心志，確是佳作。到了六十五歲晚年，飽經貶謫後，渡海到廉州時所寫的《六月二十夜渡海》，以環境氣氛喻人情處境，前面四句寫結合眼前景色來暗喻宦海波濤，自然靈動，也是善用比喻的名篇：

　　　　參橫斗轉欲三更，苦雨終風也解晴。
　　　　雲散月明誰點綴？天容海色本澄清。
　　　　空餘魯叟乘桴意，粗識軒轅奏樂聲。
　　　　九死南荒吾不恨，茲遊奇絕冠平生！

　　蘇軾用比喻，有時婉轉幽微，像"人似秋鴻來有信，事如春夢了無痕"，有時細緻具象，如"掃地焚香閉閣眠，簟紋如水帳如煙"，都是藝術水平極高的佳句。

　　善比喻，亦必善觀察，蘇軾不但善觀察，而且非常懂得藉聯想具體寫出景物、情態、外貌，在兩宋，罕有能並肩的詩人。舉一些佳句例子於下：

杳杳天低鶻沒處，青山一髮是中原。
《澄邁驛通潮閣》

長淮忽迷天遠近，青山久與船低昂。
《出潁口初見淮山，是日至壽州》

江頭千樹春欲闇，竹外一枝斜更好。
《和秦太虛梅花》

偶尋流水上崔嵬，五老蒼顏一笑開。
《書李公擇白石山房》

宋人寫詩，有所謂"理趣"。所謂理趣，是指不直接用抽象的理語以議論說理，而是通過具體形象的描寫，用形象來比喻或象徵，說理和產生意味。這是讀宋詩的重要觀念，蘇軾詩在這方面尤其大家，許多名作如《和子由澠池懷舊》、《題西林壁》、《惠崇春光晚景二首（其一）》等都是，佳句如"不識廬山真面目，只緣身在此山中"；"竹外桃花三兩枝，春江水暖鴨先知"，寓理於物而有妙趣，都成為千古名句。蘇詩說理，間中有直接道出的，如寫畫畫的藝術理論，蘇軾就直表說："論畫以形似，見與兒童鄰。賦詩必此詩，定非知詩人"（《書鄢陵王主簿所畫折枝二首（其一）》），寫自己的個性，更加隨筆所到，興到而句出。像"可使食無肉，不可使居無竹。無肉令人瘦，無竹令人俗。人瘦尚可肥，士俗不可醫"（《於潛僧綠筠軒》）。

這篇導言篇幅所限，無法深入論析。不過讀蘇軾詩，能讀出他的胸襟抱負和思想情感，固然是大得著；但也要讀出他的聰明敏銳，洞透人生，方不負天才生在千載之前。

前言

一

　　蘇軾是奠定"北宋文學"的大匠，是中國文學史上傑出的作家。他馳騁在散文、詩詞、書畫各個領域，表現了非凡的創作才華。詩歌方面，繼承了盛唐李白、杜甫的浪漫主義和現實主義的優良傳統，放出了異彩。

　　北宋中葉，歐陽修、梅堯臣等所倡導的詩文革新運動，繼唐代古文運動之後，向晚唐五代又泛濫起來的浮靡文風大加掃蕩。嘉祐二年（1057），歐陽修知貢舉時，提倡平實樸素的文風。他讀到蘇軾詞語甚樸、無所藻飾的文章，不禁驚喜流汗，連稱："快哉！"表示"老夫當避此人放出一頭地"，預示未來的文壇將屬於蘇軾。這年蘇軾才二十二歲，與弟弟蘇轍同登進士。蘇軾發展和完成了詩文革新運動，成為北宋文壇成就最高的一人。他的文章汪洋恣肆，在"唐宋八大家"中，與韓愈並譽為"韓潮蘇海"。

他的詩歌豪邁雄渾，清新明快，後人概括之為
"清雄"。他"以詩為詞"，開創了風格豪放的新
詞派，與辛棄疾合稱為"蘇辛"。他的書畫也是
一代名家。以一身而兼眾長，在歷代文學家中是
罕見的。

　　蘇軾生活在宋朝開國後所謂"百年無事"的
承平年代。所謂承平，是從表面而言的，這時宋
王朝已從開國伊始的小康局面走上積貧積弱的
道路。積貧積弱是由於豪強的土地兼併，邊備的
鬆弛，和官僚機構的臃腫龐大所造成的。豢養冗
官、冗兵、虛耗冗費，不斷加重了下層人民的賦
稅負擔，陷社會於貧困。兵雖多而驕惰不能打
仗，日益無力抗拒遼、夏的侵擾。從真宗到仁宗
數十年間，內外危機正趨於顯露。蘇軾有改革政
治的抱負和要求，但同王安石比較，他帶著溫和
的色彩，與王安石的變法運動產生分歧，因而遭
到政治上的挫折。蘇軾沒有成為政治改革家，他
的成就是在文學方面。

二

蘇軾，字子瞻，又字和仲，號東坡居士，
四川眉山人。生於宋仁宗景祐三年（1037）十二
月，死於宋徽宗建中靖國元年（1101）七月，享
年六十六歲。

蘇軾自稱是“寒族”、“世農”，“生於草茅
塵土之中”。他的家庭是有文化修養的，父親蘇
洵深研六經百家之說，長於文章；母親也能夠教
兒子讀《漢書》。在家庭教育和前輩啟迪下，蘇
軾少時就“奮厲有當世志”。他研究歷朝治亂原
因、時政得失，評論歷史人物，有自己的見解。
他二十歲左右，即學通經史，文如泉湧。蘇洵是
個布衣，但他不願使兒子也同自己一樣“湮淪棄
置”，於是在嘉祐元年（1056）帶同蘇軾、蘇轍
兄弟進京應試。父子三人得到文壇領袖歐陽修和
梅堯臣等人的特殊重視，名震京師，文章盛傳於
世。蘇軾在舉進士後，邁入了仕途。

蘇軾一生度過了四十年仕宦生活，其間數度
出入朝廷，既有順境，更多坎坷，大致可分作三
個時期：

他從二十六歲初任陝西鳳翔府判官，到四十四歲身陷"烏台詩案"，這十八年當中，除因父喪回蜀之外，在朝任官不足四年，大部分時間是在杭州通判和密州、徐州、湖州太守任上。

蘇軾初出時，同王安石一樣，希望改變北宋積貧積弱的局勢。他看出當時"天下有治平之名，而無治平之實"，因為存在遼、夏外患，朝廷長此"以歲出金繒數十百萬以資強虜"，是不能了局的。他還看到了"富者地日以益"、"貧者地日以削"的不合理現象，和"兼併之族而賦甚輕"、"貧弱之家而不免於重役"的田賦不均的情況。他向仁宗多次上書，提出厲法禁、抑僥幸、決壅塞、較賦稅、教戰守等方案，表現了要求改革的政治家風度。這時王安石的變法運動已在醞釀中。王安石認為非變更"法制"不能挽求沉疾，因而提出變法措施。蘇軾則強調"任人"，認為"法制"可以不變，尤其反對急進的措施，這是他們之間的根本分歧。神宗熙寧二年（1069）王安石推行一系列新法，蘇軾被捲進了反對變法的浪潮中，他上書神宗，批評朝廷"求治太速，用人太銳，聽言太廣"，要求"以簡易為法，以清淨為主"，與守舊派持同一態度。他因反對新法而出任地方官，"我家江水初發源，宦遊直送江入海"（《遊金山寺》），就是出任杭州通判時發出的慨嘆。

變法派在同守舊派的激烈鬥爭中，內部產生了分裂。王安石在熙寧七年（1074）、熙寧九年（1076）兩次罷相。政權落在二、三流的人物手上，變法運動自此發生了方向性的變化。蘇軾被指控所寫詩文訕謗朝廷，譏諷新法，在湖州被捕，史稱"烏台詩案"。這一事件是一群以附和新法而竄升起來的人對蘇軾的構陷、報復，他們不僅企圖置蘇軾於死地，而且想藉此打擊一大批異己者。

蘇軾仕途經歷的第二個時期，自"烏台詩案"出獄貶居黃州以後，迄至貶謫嶺南以前，即到了五十八歲，又經歷了十四年險惡的政治風浪。這期間出現了歷史上所謂的"元祐更化"，即以司馬光為首的舊黨登台執政。蘇軾得到召用，歷任翰林學士、中書舍人、侍讀及兵部尚書等要職。但他的頭腦十分清醒，他不同意司馬光盡廢熙寧新法，而主張對新法"較量利害，參用所長"。由此他受到舊黨裏的程頤一派的嫉視。實際上他處在新、舊兩黨夾擊之中。他三次離開朝廷，出任杭州、潁州、定州太守。

後一個時期是蘇軾晚年在嶺南的貶居生活。元祐八年（1093）九月，支持舊黨的高太后去世，哲宗親政，恢復了新黨章惇、呂惠卿的官職，於是已經變了質的變法派起而執政。蘇軾被加以"譏斥先朝"的罪名，迭遭迫害。從紹聖元年（1094）到元符三年（1100）蘇軾先後被放逐惠州、儋州，謫居七年。哲宗死後，蘇軾獲得度嶺北歸。他死前半年才正式獲赦。

蘇軾一生的升沉、進退，都被激烈的政治鬥爭所決定。他雖然處在變法運動的對立方面，但政治品格的表現是正直的。《宋史》本傳說他"忠規讜論，挺挺大節"。他曾說自己"賦性剛拙，議論不隨"。這是符合他的立身操守的。他知道當王安石變易法度時，如果少加附會，必可得到進用，但他沒有這樣做。他也知道當司馬光盡廢熙寧新法時，只要自己無所爭議，也必可鞏固高位，但他也沒有這樣做。他甚至責難司馬光，罵他是"司馬牛"。他不善於俯仰，更厭惡"希合"，真是非常可愛的"方拙"。

蘇軾關心人民的疾苦。"早歲便懷齊物志，微官敢有濟時心。"（《和柳子玉過陳絕糧》）由於較長時間在州郡，接觸了社會實際，許多詩篇反映了人民的現實生活，其中有針對新法的流弊而寫的。如《吳中田婦嘆》："賣牛納稅拆屋炊，慮淺不及明年饑"，"龔黃滿朝人更苦，不如卻作河伯婦"。這類詩被指控為謗詩，但反映了新法的理論與實踐之間存在的矛盾。他同情觸犯鹽法的囚犯而寫了《除夜直都廳》的題壁詩："小人營餱糧，墮網不知羞"，"不須論賢愚，均是為食謀"。他甚至在《戲子由》詩中也自嘲說"平生所慚今不恥，坐對疲氓更鞭箠"。他的《雨中遊天竺靈感觀音院》詩，寫苦雨中"農夫輟耒女廢筐"，而不問民情的官吏卻如"白衣仙人在高堂"。蘇軾的詩中有人民的呼聲，然而，"平生文字為吾累"，他為此付出了很大的代價。

蘇軾在地方上給人民辦了不少有益的事，如救災施藥、興修水利、減免賦稅、發展生產等。他甚至在批判新法所帶來的流弊的同時，只要發現新法的某些"便民"之處，也採取了贊同的態度。他在徐州太守任上，黃河潰決成災，親率軍民搶險，保全了徐州人民的生命財產。在杭州，疏浚了西湖，灌溉一千頃良田，建築了三十里長堤，受到人民的愛戴。

貶謫生活使他有更多的機會接近下層人民。他在黃州"與漁樵雜處"，"與田父野老相從溪谷之間"。他躬耕東坡，"墾闢之勞，筋力殆盡"，從而對於貧苦農民的飢寒更有身受之感。他在惠州，"人無賢愚，皆得其歡心"。建造了東新、西新二橋，"惠人皆敬愛之"。在海南，"時從其父老遊"，與黎族人民相處無間，認為"漢黎均是一民"，地位是平等的。在貧困生活中，他還看到了"土人頓頓食諸芋，薦以薰鼠燒蝙蝠"（《聞子由瘦》），比之自己更為艱苦。他熱心傳播文化，尤其使海南人民永記他的好處。

蘇軾是百姓的朋友。他在《東坡八首》其七寫了三個人：一個賣酒的，一個賣藥的，一個種竹子的。他說："我窮交舊絕，三子獨見存。從我於東坡，勞餉同一飧。"因此他表示"吾師卜子夏，四海皆弟昆"。他同村翁、父老一起喝酒，最感到溫暖和高興：

江城白酒三杯釅，野老蒼顏一笑溫。

（《正月二十日，與潘、郭二生出郊尋春，
忽記去年是日同至女王城作詩，乃和前韻》）

父老喜雲集，簞壺無空攜。
三日飲不散，殺盡西村雞。

（《西新橋》）

生活在下層人民中的蘇軾，是人們最喜歡的形
象。蘇軾死後七十年左右，陸游去到黃州東坡
祠，看到雪堂中掛著蘇軾的畫像。畫中他一身紫
袍黑帽，手拿竹杖，倚石而臥。流傳在海南的
《東坡笠屐圖》，他頭戴雨笠，足蹬木屐。

蘇軾《自題金山畫像》詩，慨嘆："問汝平
生功業，黃州惠州儋州。"貶逐固然不幸，但如
果沒有黃州、惠州、儋州的生活，他也許不會在
人民心中留下這樣長久的紀念。

三

"西望太白橫峨岷，眼高四海空無人。"

（《書丹元子所示李太白真》）蘇軾以此歌詠李白。巴山蜀水，既是李白度過青少年時代的地方，也是杜甫流寓的地方。在李、杜三百年後，蘇軾從蜀中的岷江出而登上詩壇，成為宋詩最傑出的代表，他所詠李白的這兩句詩也可以用在他的身上。

宋初有一股詩歌逆流，是為"西崑派"，它以楊億所編的《西崑酬唱集》一書而得名。楊億等十多個御用文人以作詩為消遣，吟詠宮廷故事、官僚生活、男女愛情之類，詩風濃艷艱澀，感情虛假，毫無現實意義。到歐陽修、梅堯臣倡導詩體革新運動，才洗滌了西崑陋習。歐陽修取法韓愈以文為詩，帶有議論化、散文化的特點，風格清新。梅堯臣學唐人詩而力求"平淡"。他們兩人如同韓愈和孟郊。繼之而起的蘇軾，才氣縱橫，揮斥八極，既博取前人所長，又不受樊籠約束，他為"宋詩"開疆闢土，樹立一代詩風，成就超乎歐、梅之上。

蘇軾詩初學劉禹錫，語多怨刺。這是和蘇軾同時的陳師道所說的。如《竹枝歌》九章，即仿劉禹錫之作。然而，其早期詩已很老健，波瀾壯闊，氣韻灑脫，既有太白之意，也有摹杜之作，並不專是學劉。他曾泛論古人詩，推崇"李太白、杜子美以英瑋絕世之姿，凌跨百代，古今詩人盡廢"。(《書黃子思詩集後》)又曾說："古今詩人眾矣，而杜子美為首。"(《王定國詩集敘》)中年所作詩，受李、杜影響較多，尤以李白為甚。李白詩浪漫主義的精神和表現手法的高度統一，在蘇詩中也很明顯。杜甫詩的現實主義，是以豐富的社會內容，鮮明的時代色彩、政治傾向為特徵的，對此，蘇詩兼而有之。蘇軾也學韓愈。劉克莊曾說："坡詩略如昌黎，有汗漫者，有典嚴者，有麗縟者，有簡淡者，翕張開闔，千變萬態。"這又是看到蘇詩的一個方面。蘇軾廣泛地向前輩詩人學習，而很少說及傾向誰的詩，只有對陶淵明卻說得很清楚。下為他給蘇轍的信中的一段話：

吾於詩人無所甚好，獨好淵明之詩。淵明作詩不多，然其詩質而實綺，癯而實腴，自曹(植)、劉(楨)、鮑(照)、謝(靈運)、李(白)、杜(甫)諸人，皆莫及也。吾前後和其詩凡一百有九篇，至其得意，自謂不甚愧淵明。……然吾於淵明，豈獨好其詩也哉？如其為人，實有感焉。

蘇軾馳意於陶淵明，是政治上失意而引起的思想變化。中年貶居黃州，所寫的《東坡八首》，意境、氣象都帶有陶味。五十七歲知揚州時開始寫了《和陶飲酒二十首》。晚年在嶺南，盡和陶詩。他有感於陶淵明不肯為五斗米折腰，而自己"半生出仕，以犯世患"，"所以深愧淵明，欲以晚節師範其萬一也"。

博取而後成為一家之詩。近人陳邇冬說："像蘇軾這樣一個大作家決不是幾個前輩詩人所能範圍，他更上溯承祧了《詩經》、《楚辭》以來的優良傳統，而其創作的主要源泉則是來自生活，尤其是被貶、被放逐、流離中獲得接近人民豐富的生活。"話很得體。蘇軾"身行萬里半天下"（《龜山》），"默數淮中十往來"（《淮上早發》），山川萬物，人生百態，為他提供了廣泛的題材。他早年隨蘇洵出瞿塘三峽，沿長江順流而下，詭麗壯觀的江景，激發詩情，與蘇轍唱和詩達數十首。其《江行唱和集敘》就說過這樣的話："山川之有雲霧，草木之有華實，充滿勃鬱而見於外"，"有觸於中"，"而發於詠嘆"。既然雲霧升騰和花果盛放是山川、草木內在的"充滿勃鬱"而表現出來的，所以他認為詩文應是作者內在感情的觸發，"詩文皆有為而作"，所抒寫的都是真情實感。在蘇軾的筆下，我們看到了他所處的北宋社會的廣闊畫面。蘇軾在《書吳道子畫後》一文中說過兩句話："出新意於法度之中，寄妙理於豪放之外。"雖為評畫而說，也適用於論詩。這話闡述了"法度"和"豪放"兩者的關係。詩歌須有新意，要極盡馳騁之能事，然而它要不失規矩。蘇軾晚年說明自己寫作詩文"大略如行雲流水，初無定質，但常行於所當行，常止於所不可不止"（《答謝民師書》），我們既看到蘇詩的恣肆，也看到它的嚴謹，就是這個道理。蘇詩的藝術風格呈現多樣化，而以豪放為本色。宋時敖陶孫說："東坡如屈注天潢，倒連滄海，變眩百怪，終歸雄渾。"以"雄渾"概括蘇詩，從氣韻而言，自然是恰當的，但終嫌不能包括蘇詩芳鮮的文字。陳邇冬因清末詞家王鵬運說過蘇詞"清雄",他以為"清雄"兩字恰可移用作蘇詩風格最好的評語。這一說法,比之敖陶孫更為準確。從這個定義來說,蘇詩的"清雄",不同於梅堯臣的"古淡"、黃庭堅的"老辣",北宋大家之詩的區別就很明顯了。

蘇軾寫詩甚勤,而且至老不懈,認為自樂莫過於此。他的詩永遠清新,感染力極強。和他同時的人,深深為他傾倒。他每一落筆即為人所傳誦。王安石讀到他的寫景佳句:"峰多巧障日,江遠欲浮天"(《同王勝之遊蔣山》),撫几讚嘆道:"老夫平生所作詩,無此二句!"他甚至稱譽蘇軾"不知更幾百年,方有如此人物"(《西清詩話》)。蘇軾在赤壁磯置酒度生日,聽見笛聲起於江上,原來是進士李委特意寫了新曲《鶴南飛》相賀。見面後,李委對蘇軾說:"吾無求於公,得一絕句足矣。"蘇軾即為他寫了《李委吹笛》一詩。畫竹名家文與可,和妻子燒筍晚食的時候,剛好收到蘇軾的詩函,讀到其中的《篔簹谷》一詩,十分風趣,不覺為之失笑,噴飯滿桌。蘇軾生前詩名已傳到北方部族中。蘇轍出使遼國,有詩道:"誰將家集寄幽都,逢見胡人問大蘇。"（《神水館寄子瞻兄四絕》）當時遼國書肆中已有《大蘇小集》刊行。當然，蘇詩也有不受人歡迎的，因為它刺痛了人，否則就不會有"烏台詩案"了。蘇軾死後，名字列在蔡京所立的"黨人碑"中，他的詩文是被禁止傳誦的。然而，禁愈嚴而傳愈多，人們以多讀相誇。士大夫不能誦東坡詩，便自覺氣索，因為會給人譏為"不韻"。元、明、清各朝，蘇詩影響之大，就不必多說了。

四

"詩人之義，託事以諷，庶幾有補於國。"（蘇轍《亡兄子瞻端明墓誌銘》）在這個思想指導下，蘇軾所寫的政治詩，有鮮明的傾向性。例如早期作品《許州西湖》，寫地方官吏為了遊湖賞春，不顧頻年歉收，農村凋敝，驅使大批民工浚湖："使君欲春遊，浚沼役千掌。紛紜具畚鍤，鬧若蟻運壤。……但恐城市歡，不知田野愴。潁川七不登，野氣長蒼莽。"又如《鳳翔八觀》之一的《李氏園》，揭露豪強兼併土地構築園囿：

"當時奪民田，失業安敢哭！誰家美園囿？籍沒不容贖。此亭破千家，鬱鬱城之麓。" 此詩所寫雖是唐代的事，但對北宋社會卻有現實的感慨。

　　政治迫害不能使蘇軾放下 "託事以諷" 的詩筆，"烏台詩案" 剛了結，他走在前往黃州貶所的途中，就發出 "佇立望原野，悲歌為黎元"（《蔡州道上遇雪》）的嘆詠。待罪黃州，他還敢於寫出題《陳季常所蓄〈朱陳村嫁娶圖〉》這樣的詩：

　　　　我是朱陳舊使君，勸農曾入杏花村。
　　　　而今風物那堪畫，縣吏催租夜打門。

　　晚年寫於惠州貶所的《荔枝嘆》，人們譽之為 "史詩"。這詩初寫漢、唐貢荔，急如兵火，驛路上顛坑仆谷，屍體枕藉。特別是唐時，僅僅使得 "宮中美人一破顏"，遂致 "驚塵濺血流千載"。作者痛斥專事諂媚的李林甫——"至今欲食林甫肉"，意不在於鞭撻不同朝代的死人，而在於批判當代的時弊：

君不見武夷溪邊粟粒芽，前丁後蔡相籠加。爭新買寵各出意，今年鬥品充官茶。吾君所乏豈此物？致養口體何陋耶！洛陽相君忠孝家，可憐亦進姚黃花。

貢茶的丁謂、蔡襄，貢花的錢惟演，都是當朝的"名臣"，這裏將他們與李林甫相提並論，可見蘇軾對諂上買寵、欺壓人民的卑鄙行徑極其憤慨。黃庭堅曾說蘇軾文章妙天下，"短處在好罵"，其實這正是蘇軾剛正嫉惡的品格表現。陸游在《跋東坡帖》中說得好："不以一身禍福，易其憂國之心。千載之下，生氣凜然。"這也可用作對蘇軾的政治詩的評語。

蘇軾罵了許多俗吏、劣吏，但也讚揚過一些好官。例如贈王慶源詩：

青衫半作霜葉枯，遇民如兒吏如奴。
吏民莫作官長看，我是識字耕田夫。

這開頭幾句就寫出了一個做了官而保持著農民本色的人物形象。又如《於潛令刁同年野翁亭》

詩，寫縣令刁鑄政績清明，與山野的人同享溪山之樂：「翁言此間亦有樂，非絲非竹非蛾眉。山人醉後鐵冠落，溪女笑時銀櫛低。」人民惟恐他離任：「但恐此翁一旦舍此去，長使山人索寞溪女啼。」

蘇軾關心邊事，軍事上主張充實兵力，抵抗遼、夏侵擾。作為政治詩的一個方面，他寫過好些有強烈愛國主義精神的詩篇。早期詩如《和子由苦寒見寄》，即有「千金買戰馬，百寶妝刀鐶。何時逐汝去，與虜試周旋」的豪語。在密州所寫《祭常山回小獵》，表示了「聖明若用西涼簿，白羽猶能效一揮」的馳驅壯志。儘管處在黃州的貶居逆境中，得悉种諤大破西夏，殺敵六萬餘人，獲馬五千匹，不禁為之狂喜，與眾飲酒賦詩：

> 聞說官軍取乞闐，將軍旗鼓捷如神。
> 故知無定河邊柳，得共中原雪絮春。
>
> （《聞捷》）

他還熱情歌頌曾經為邊防而戰的將士，如：

河西猛士無人識，日暮津亭閱過船。

路人但覺驄馬瘦，不知鐵槊大如椽。

因言西方久不戰，截髮願作萬騎先。

我當憑軾與寓目，看君飛矢射蠻氈。

（《郭綸》）

受降城下紫髯郎，戲馬台前古戰場。

恨君不取契丹首，金甲牙旗歸故鄉。

（《陽關詞·贈張繼願》）

胡騎入回中，急烽連夜過。

短刀穿虜陣，濺血貂裘涴。

（《將官雷勝得過字代作》）

君隨幕府戰西羌，夜渡冰河斫雲疊。

飛塵漲天箭灑甲，歸對妻孥真夢耳。

（《送沈逵赴廣南》）

以上所舉的政治詩，表明了蘇軾視野的廣闊，他既關心民間疾苦，還關切國家、民族的命運。

抒情詩和寫景詩，在蘇詩中所佔比重較大，

對後世的影響最深。蘇軾一生既曾作鴻鵠高飛，又曾在雲端墜了下來；既曾身居"玉堂金馬"，又曾禁繫監獄，家近"牛欄"，行於牛矢之間；他有理想，有才能，但抱負卻得不到實現。他有"一肚皮不合時宜"，詩中屢有"身世兩相違"的感慨，交織著入世和出世的思想矛盾，但入世思想是主流，他對待人生的主要傾向是進取的。他不因政治挫折而歸於頹廢，在海南時"日啖薯芋而華屋玉食之念不存於胸中"，這期間所寫詩"精深華妙，不見老人衰憊之氣"（蘇轍《追和陶淵明詩引》）。樂觀、曠達、誠懇、熱愛生活，是他的抒情詩最能感人的地方。他對祖國雄奇秀麗的山川、湖海、大地、花草、樹木，寄予最深厚的感情，歌唱和表現它們，許多寫景名篇以極高的藝術性而被萬口流傳。

《和子由澠池懷舊》，是蘇軾詠寫人生的名作：

人生到處知何似？應似飛鴻踏雪泥。

泥上偶然留指爪，鴻飛那復計東西。

老僧已死成新塔，壞壁無由見舊題。

往日崎嶇還記否？路長人困蹇驢嘶。

這首詩以飛鴻象徵人類的精神，思想是積極的。作者這時年才二十六歲，聲譽初著，並提出了政治革新的主張，對仕途充滿希望，不會在詩中寓意人生無常，也沒有理由預料未來遭遇的坎坷。他告訴蘇轍，不必為一些舊事——偶然留下的鴻爪印跡而悵惘，但應記得往日的崎嶇，那是為了求仕，有所作為，應當像鴻鵠一樣高飛。然而，這個命意，後人有不同的理解。

最早流露厭倦宦遊情緒的《遊金山寺》一詩，作者描寫了長江壯偉的景色，並抒發了故鄉之思，立下"有田不歸如江水"的誓言。然而這只是蘇軾在政治上感到拂逆時所激起的思想波瀾，他的主導思想仍是積極入世的。後來他寫的詩，說得很明白：

我本不違世，而世與我殊。

（《送岑著作》）

作詩寄謝採薇翁，本不避人那避世！

（《自普照遊二庵》）

願為穿雲鶻，莫作將雛鴨。

（《岐亭五首》）

他所感嘆的是不願俯仰隨人：

安能終老塵土下，俯仰隨人如桔槔？

（《送李公恕赴闕》）

也不願像"御馬"一樣作為朝廷的點綴品：

豈如廄馬好頭赤，立仗歸來臥斜日。

（《戲書李伯時畫御馬好頭赤》）

更不願以凌雲之姿而供人玩好：

俯啄少許便有餘，何至以身為子娛！

（《鶴嘆》）

從這些詠懷的詩句，可以看到蘇軾"不合時宜"的鮮明的個性。他寫春風嶺上梅花的"幽獨"，黃州定惠院的名種海棠不為人所貴，惠州松風亭下梅花的"幽光冷艷"，都出於自況。由此可見，蘇詩中常常流露的人生如寄的出世思想，是他憤世的反映。

抱著樂天、曠達態度走向謫貶生活，這方面的詩，千載之下，尚使人想見此老可親的精神面貌。如：

長江繞郭知魚美，好竹連山覺筍香。

（《初到黃州》）

日啖荔枝三百顆，不辭長作嶺南人。

（《食荔枝二首》）

他年誰作輿地志，海南萬里真吾鄉！

（《吾謫海南，子由雷州。……》）

他在貶所，釀酒、煎茶，所寫的詩，充滿了生活情趣。

蘇軾吟詠景物的詩，表現"清雄"的風格，尤其突出。例如他一再寫到的故鄉峨眉山：

每逢蜀叟談終日，便覺峨眉翠掃空。

（《秀州報本禪院鄉僧文長老方丈》）

瓦屋寒堆春後雪，峨眉翠掃雨餘天。

（《寄黎眉州》）

已泛平湖思濯錦，更看橫翠憶峨眉。

（《法惠寺橫翠閣》）

僅僅"翠掃空"三字即寫出了峨眉山最美好的意象。一個山水名區要找到它的代表詩人是不容易的，杭州西湖就以蘇軾及其詩為代表：

水光瀲灩晴方好，山色空濛雨亦奇。
若把西湖比西子，淡妝濃抹總相宜。

（《飲湖上初晴後雨》）

備受稱讚的《百步洪》詩，作者用"博喻"的手法，描寫急流沖擊，使人目不暇接：

長洪斗落生跳波，輕舟南下如投梭。

水師絕叫鳧雁起，亂石一線爭磋磨。

有如兔走鷹隼落，駿馬下注千丈坡。

斷弦離柱箭脫手，飛電過隙珠翻荷。

（《百步洪》）

蘇軾既重視詩歌的現實意義，又十分重視
作品的藝術性。無論對詩、書、畫，都強調取其
意。他說：“論畫以形似，見與兒童鄰。賦詩必
此詩，定非知詩人。”（《書鄢陵王主簿所畫折
枝》）詩貴韻味，正是蘇軾所長。他富於想像，
善於比喻，精於體物，這些都體現在他的詩歌
上。他駕馭各種體裁，猶如六轡在手，指揮如
意，七言古風更宜於他縱橫馳騁，所以波瀾浩
大，變化不測。

五

蘇軾的詩，宋以後各朝都很盛行。現存約近

三千首。宋時，蘇詩有三種不同編排的傳本：一種是全集本，蘇詩分別收進《東坡集》、《東坡後集》、《和陶詩》中；一種是分類注本，即王十朋編纂的《集注分類東坡先生詩》二十五卷，它匯集較早出現的趙次公、程縯等各家注釋而成：一種是編年注本，即施元之父子和顧禧合編的《注東坡先生詩》四十二卷，成書於南宋嘉泰年間。清朝研究蘇詩的學者很多，如宋犖、邵長蘅、查慎行、趙翼、紀昀、翁方綱、沈欽韓、馮應榴、王文誥等，對蘇詩的評論、箋注、編年等方面、貢獻很大。其中，康熙年間查慎行所編《東坡先生編年詩》五十卷，乾隆年間馮應榴所編《蘇文忠詩合注》五十卷，道光年間王文誥所編《蘇文忠公詩編注集成》四十六卷，最受人們重視。本書以編注集成為依據。

蘇詩的“精金美玉”，是不能以所選的這一百多篇概括其餘的，本書只要求起到引子作用而已。

徐續　一九八三年六月

辛丑十一月十九日，既與子由別於鄭州西門之外，馬上賦詩一篇寄之

嘉祐六年（1061），蘇軾以“賢良方正能言極諫科”考入第三等。試後，被任為大理評事、簽書鳳翔府判官。赴任時，弟蘇轍（字子由）相送到鄭州，在西門外分手。蘇轍當時考入第四等，被任為商州推官，因父親蘇洵在京修禮書，所以奏請留京侍父。鄭州西門之別，是蘇氏兄弟第一次離別，這詩寫得很真摯。沒有飲酒而神情如醉，一顆心不是向著西行，而隨著蘇轍折向東回，落墨就顯得感情橫溢。次寫烏帽的“出復沒”，使作者翹首回望的依依情態非常突出。當時是寒冬，蘇轍走在雪地上，烏帽容易映現，句法很妙。到了望不見之後，又在腦際浮現了歸程上的蘇轍衣裳單薄、瘦馬殘月的形象，寫來筆筆深入。末後想到夜雨對床的約言，覺得高官厚祿並不值得留戀，更見兄弟情深。

不飲胡為醉兀兀，此心已逐歸鞍發。

歸人猶自念庭闈，今我何以慰寂寞？[1]

登高回首坡壠隔，但見烏帽出復沒。[2]

苦寒念爾衣裳薄，獨騎瘦馬踏殘月。[3]

路人行歌居人樂，童僕怪我苦淒惻。

亦知人生要有別，但恐歲月去飄忽。[4]

寒燈相對記疇昔，夜雨何時聽蕭瑟？

君知此意不可忘，慎勿苦愛高官職。[5]

注釋

1　"不飲"四句：沒有飲酒為什麼這樣昏醉！我的心已追逐著
　　你的歸馬而去。你是在回程中，尚且牽記著庭闈，我是遠
　　別，今後怎樣安慰老父的寂寞？

　　兀兀（kū 窟）：身心勞累。歸人：指蘇轍。庭闈：父母起居
　　的地方，蘇轍送行後回京，同父親在一起。

2　"登高"二句：登上高處回望，隔著山坡、坵壠，但見你的
　　烏帽露了出來又給遮沒了。

　　清·紀昀說這兩句"寫難狀之景"。

3　"苦寒"二句：深冬苦寒，我凝想著你衣裳單薄，騎著瘦
　　馬，在殘月下獨行的形象。

4　"路人"四句：路上的人邊走路邊唱歌，村野居民都很歡
　　樂，童僕見我這樣淒苦感到詫異。我也知道人生免不了別
　　離，就只怕歲月消逝得太快了。

　　飄忽：風力迅速。晉·陸機《嘆逝賦》："時飄忽其不再。"

5　"寒燈"四句：還記得舊日和你在寒燈下共讀唐人詩句，什

麼時候我們又再一起聽著瀟瀟夜雨聲呢？你知道我們偕隱的約言不可忘記，千萬不要久戀高官厚祿。

疇昔：往日。**夜雨**：作者提起他們兄弟的一段舊事。唐·韋應物詩："寧知風雨夜，復此對床眠？"蘇軾兄弟在京城懷遠驛曾共讀這詩，很受感動，相約將來及早偕隱。"君知此意不可忘"，就是說這件事。後來他們兄弟屢有夜雨對床的詩句，如蘇轍與作者在彭城相會，有詩道："逍遙堂後千尋木，長送中宵風雨聲。誤喜對床尋舊約，不知飄泊在彭城。"作者也有"對床空悠悠，夜雨今蕭瑟"（《在東府雨中作示子由》）、"雪堂風雨夜，已作對床聲"（《初秋寄子由》）等句。

作者自注："嘗有夜雨對床之言，故云爾。"

和子由澠池懷舊

　　嘉祐六年（1061）冬，蘇軾途經河南澠池入陝西，就任鳳翔府簽判，得到弟蘇轍寄詩——《懷澠池寄子瞻兄》，因而和韻。詩中把人生的歷程看作“雪泥鴻爪”，這一比喻在宋時就受人稱道，後更被習用為成語“雪泥鴻爪”，帶有人生蹤跡不定的含意。爪跡本已微小，印在雪泥上更容易消失，比喻人生所到之處，就顯得很虛無了。但值得注意的是：蘇軾寫這詩時，年才二十六歲，又順利地進入仕途，如同鴻鵠高飛，未經折翼，思想上不應這樣蒼老。這首詩的積極入世思想是佔主要的。詩人因蘇轍的原詩是感舊，有“舊宿僧房壁共題”等句語，所以在和詩中向蘇轍點出：老僧的死和舊日壁上題詩不能再見，這些只是雪泥上纖微的爪印，無可追尋，但為人生而奮鬥的崎嶇歷程——“路長人困蹇驢嘶”，這一鴻爪留痕卻是不能忘記的。按蘇氏兄弟於嘉祐元年（1056）經澠池是為了進京應試，蘇軾於這年登進士，他所回顧的“往日崎嶇”，是指為求仕而作出的努力，認為不能忘記這一段歷程，就是説要以積極的態度對待人生。這詩是意在與蘇轍共勉。

人生到處知何似？應似飛鴻踏雪泥。

泥上偶然留指爪，鴻飛那復計東西。[1]

老僧已死成新塔，壞壁無由見舊題。[2]

往日崎嶇還記否？路長人困蹇驢嘶。[3]

注釋

1　"人生"四句：人生所到之處同什麼相像？應說像飛鴻歇翼
　　時踏著了雪泥。泥上只不過偶然留下了爪印，飛鴻的去向
　　哪能管它是東是西呢！

2　"老僧"二句：老僧已死，寺內添了一座新的骨灰塔，牆壁
　　傾頹已無從見到舊日的題詩。
　　老僧：指數年前留宿澠池僧寺所見的奉閒和尚。新塔：僧
　　人死後火化成骨灰，建小塔埋葬。舊題：舊日所題的詩。
　　蘇轍《懷澠池》詩自注說："昔與子瞻應舉，過宿縣中寺舍，
　　題其老僧奉閒之壁。"

3　"往日"二句：往日那段艱苦的旅程可還記得？道路漫長，
　　人已疲乏，驢又在嘶叫。
　　蹇驢：跛足的驢。此喻驢很羸弱，不能健步。

　　作者自注："往歲馬死於二陵，騎驢至澠池。"二陵是
河南崤山，在澠池西。

　　清·紀曉嵐評："前四句單行入律，唐人舊格，而意境
恣逸，則東坡之本色。"這詩三、四兩句不按律詩對仗，屬
於變格，即所謂單行入律。唐時崔顥的《黃鶴樓》詩是其一

例。李白《鸚鵡洲》詩前四句說：「鸚鵡東過吳江水，江上洲傳鸚鵡名。鸚鵡西飛隴山去，芳洲之樹何青青？」即仿崔詩格調。蘇軾這詩用唐人舊格，圓轉自如，很見藝術手法。

蘇轍《欒城集·懷澠池寄子瞻兄》詩：「相攜話別鄭原上，共道長途怕雪泥。歸騎還尋大梁陌，行人已度古崤西。曾為縣吏民知否？舊宿僧房壁共題。遙想獨遊佳味少，無方騅馬但鳴嘶。」自注：「轍曾為此縣簿，未赴而中第。」

王維、吳道子畫

這是蘇軾《鳳翔八觀》詩的第三首。唐・朱景元《畫斷》以吳道子的畫為神品，以王維的畫為妙品，均許為上上。蘇軾於嘉祐八年（1063）在鳳翔府簽判任上，遊開元寺，得見吳道子的佛像畫和王維的畫竹，他對兩人的畫法都很推崇。這詩先總論兩人的畫品在畫壇上地位最高，然後就鳳翔的壁畫分別評論，提出了自己的見解，最後又指出兩人的區別在於"畫工"的畫和"士人畫"有所不同，表示最欽佩的還是王維的士人畫。蘇軾是士人畫的提出者，這詩已闡述了文學修養對於繪畫的重要關係，以及要求脫略形似，強調神韻等重要理論。"摩詰得之於象外，有如仙翮謝籠樊"，是其主要論點。這詩奇氣縱橫，頓挫沉鬱，變化不測，是作者早期詩中的名篇。王維：唐詩人、畫家，字摩詰，河東人。官至尚書右丞，世稱王右丞。善畫山水、叢竹，是士人畫創始者。明代董其昌稱他為"南宗"之祖。吳道子：又名道玄，唐畫家，陽翟（今河南禹縣）人。善畫佛道人物，筆跡磊落、雄峻、生動而有立體感。曾在宮廷作畫，時稱畫聖。

何處訪吳畫？普門與開元。開元有東塔，摩詰留手痕。吾觀畫品中，莫如二子尊。[1] 道子實雄放，浩如海波翻。當其下手風雨快，筆所未到氣已吞。[2] 亭亭雙林間，彩雲扶桑暾。[3] 中有至人談寂滅，悟者悲涕迷者手自捫。[4] 蠻君鬼伯千萬萬，相排競進頭如黿。[5] 摩詰本詩老，佩芷襲芳蓀。今觀此壁畫，亦若其詩清且敦。[6] 祇園弟子盡鶴骨，心如死灰不復溫。[7] 門前兩叢竹，雪節貫霜根。交柯亂葉動無數，一一皆可尋其源。[8] 吳生雖妙絕，猶以畫工論。摩詰得之於象外，有如仙翮謝籠樊。[9] 吾觀二子皆神俊，又於維也斂衽無間言。[10]

注釋

1　"何處"六句：哪裏去訪尋吳道子的畫？我去了普門寺和開元寺。在開元寺的東塔，卻看到了王維的手跡。我所見的歷代名畫家作品，都比不上吳道子和王維。

　　普門、開元：都是鳳翔的僧寺。開元寺在城北街，唐開元元年（713）所建。正殿作八角形，俗稱八角寺。

2　"道子"四句：吳道子畫法確是雄奇奔放，氣魄很大，有海波翻湧之勢。想見他下筆快如風雨，筆還未到，氣勢就已包含了整個佈局。

　　吞：包含。

3　　"亭亭"二句：峻聳而高潔的娑羅雙林之間，彩色的雲氣烘托出畫佛的圓光。

　　亭亭：聳立貌。**雙林**：釋迦牟尼去世的地方。《傳燈錄》："釋迦牟尼佛，欲入涅槃，往娑羅雙樹下，泊然宴寂。"**扶桑暾**：扶桑，日出處。暾，朝陽。這裏形容畫佛的圓光。吳道子畫圓光不用圓規矩尺，一筆揮就，是其特長。

4　　"中有"二句：這當中的釋迦佛正在講寂滅的佛理，眾弟子有的領悟的，悲哀流涕，有的迷惘的，雙手捫索，不知所措。

　　至人：指釋迦牟尼。**寂滅**：佛教語，涅槃的意譯，意謂超脱於一切境界入於不生不滅之門，僧人死也可稱為寂滅或涅槃。

5　　"蠻君"二句：蠻君鬼伯千千萬萬，挨擠著向前，頭似黿鼉的樣子。

　　蠻君鬼伯：《釋迦譜》説：釋迦佛涅槃時，數以千億計的鬼王、十萬億計的諸天王一齊到來。

　　以上六句描寫吳道子在開元寺所作佛畫，形象生動。邵博《聞見後錄》載："鳳翔府開元寺大殿九間，後壁吳道玄畫，自佛始生修行説法至滅度，山林、宮室、人物、禽獸數千萬種，極古今天下之妙。如佛滅度，比丘眾躃踊哭泣，皆若不自勝者。雖飛鳥走獸之屬，亦作號頓之狀，獨菩薩淡然在旁如平時，略無哀戚之容。豈以其能盡死生之致者歟？曰畫聖，宜矣。"蘇軾所見即此。

6　　"摩詰"四句：王維本是老詩人，立身高潔，德藝俱優。現在看到他在開元寺所作的這幅壁畫，也好像他的詩一樣清新而敦雅。

　　佩芷：芷是香草，以芷為佩，喻立身高潔。《楚辭》屈原

《離騷》：「扈江離與辟芷兮，紉秋蘭以為佩。」**芳蓀**：蓀亦為香草，此喻才德素著。**壁畫**：指王維所繪叢竹。《名勝志》：「王右丞畫竹兩叢，交柯亂葉，在開元寺東塔。」**敦**：厚重、華茂。

7　**「祇園」二句**：開元寺的僧眾全是清瘦如鶴，已經心如死灰，絕意世事。

　　祇園：祇樹給孤獨園的簡稱，是釋迦牟尼住過的地方。這裏借指開元寺。

8　**「門前」四句**：寺門前的兩叢竹子，清如霜雪，根節連貫有勢。交柯亂葉，紛然飛舞，一枝一葉都可探索畫法的源流。**源**：指士人畫的源流。

9　**「吳生」四句**：吳道子畫雖然高妙絕倫，但僅就畫工而論。王維則是以詩人作畫，他的畫法已掌握了形象以外的神似，如同仙禽振翩而飛，不受籠樊所困。

　　畫工：也稱「丹青師傅」，指以繪畫為終身職業的藝術工人。吳道子曾在宮廷作畫，可算是宮廷畫工。**仙翮**：《序仙記》載：秦時王次仲有異術，不肯應秦始皇宣召，秦始皇派人用檻車囚解他，他化為大鳥，翩然長引，飄落兩片翮毛在西山上，後稱為大翮山、小翮山。

10　**「吾觀」二句**：我認為他們兩人的畫品都很神俊，而對於王維更是衷心敬佩，毫無訾議。

　　斂衽：提起衣襟夾於帶間，表示敬意。**間言**：訾毀之言。

　　清·王文誥評：「道玄雖畫聖，與文人氣息不通。摩詰非畫聖，與文人氣息通。此中極有區別。自宋、元以來，為士大夫畫者，瓣香摩詰則有之，而傳道玄衣缽者則絕無其人也。公畫竹實始自摩詰。今讀此詩，知其不但詠之、論之，並已摹之、繪之矣。非久，與文同遇於岐下，自此畫日益進，而發源則此詩也。」

石蒼舒醉墨堂

　　這詩多奇筆，立意甚新。初説書法不足學，只須粗記姓名；又説愛好書法等於視土炭為珍饈；最後竟説不如用寫字的絹素做衾褥，乾脆不要苦學了。其實，意之所在，主張書法貴乎自然，不要為成法所囿，能夠跳得出來，自成面貌。石蒼舒能夠一揮百紙，倏如駿馬，如未下過"堆牆敗筆如山丘"的苦功是不可能的。作者作書出於"意造"，這種"無法"要通過"有法"而來。他另有《和子由論書》一詩説："苟能通其意，常謂不學可。"這裏説"不須臨池更苦學"，也是指能通其意而言。如未通其意，就非學不可。詩為熙寧二年（1069）在京師作。

　　石蒼舒：長安人，字才美，善行草，人説他得草聖三昧。

人生識字憂患始，姓名粗記可以休。[1]
何用草書誇神速，開卷惝怳令人愁。[2]
我嘗好之每自笑，君有此病何能瘳。[3]
自言其中有至樂，適意無異逍遙遊。[4]
近者作堂名醉墨，如飲美酒消百憂。[5]
乃知柳子語不妄，病嗜土炭如珍饈。[6]

君於此藝亦云至，堆牆敗筆如山丘。[7]

興來一揮百紙盡，駿馬倏忽踏九州。[8]

我書意造本無法，點畫信手煩推求。[9]

胡為議論獨見假，隻字片紙皆藏收。[10]

不減鍾、張君自足，下方羅、趙我亦優。[11]

不須臨池更苦學，完取絹素充衾裯。[12]

注釋

1　"人生"二句：人生讀書識字是憂患的開始，只要粗記名字
的寫法就夠了。

　　姓名粗記：《漢書‧項羽傳》載：項羽少時學書不成，叔父
項梁責備他，他說："書足記姓名而已，不足學，學萬人敵
耳。"這裏借用項羽的話。

2　"何用"二句：何必以草書誇神速，張開卷軸，筆畫模糊，
使人怕看。

　　惝怳：模糊不清。

3　"我嘗"二句：我曾經愛好草書，每每自覺可笑，你有這種
病癖，怎能治癒。

　　瘳：病癒。

4　"自言"二句：你說書法這門藝術很有樂趣，娛情適意無異
於逍遙遊。

　　逍遙遊：《莊子》有《逍遙遊》篇，論述逍遙自得的道理。

5　"近者"二句：近來建堂命名為"醉墨"，好像暢飲美酒，
能夠消解煩憂。

6　　　"乃知"二句：我這才知道柳宗元所説並不虛妄，染上怪病的人會把土炭當作珍饈美味。

　　　柳子：指柳宗元。他的《答崔黯書》説："凡人好詞工書，皆病癖也。吾嘗見病心腹人，有思啗土炭、嗜酸鹹者，不得則大戚。"

7　　　"君於"二句：你對於草書可説下了很大功夫，堆在牆角的壞筆高如山丘。

　　　敗筆如山：唐僧懷素，好草書，棄筆堆積，埋於山下，稱為"筆塚"。這裏比擬石蒼書的苦學。

8　　　"興來"二句：興致勃發時，一提筆作書，就寫了一百張紙，快如駿馬馳驟，頃刻之間遍走九州之地。

9　　　"我書"二句：我的書法是率意為之，無所取法，信手點畫，厭於堆求。

　　　意造：《南史·曹景宗傳》載：曹景宗"每作書，字有不解，不以問人，皆以意造焉"。這裏作者所指的意，是以己法為法，意境獨創。

10　　"胡為"二句：為什麼你評論書法對我獨多嘉獎，我的隻字片紙都被收藏起來。

　　　見假：荷蒙嘉獎。

11　　"不減"二句：你的書法上比鍾繇、張芝，是夠得上的，我的書法下比羅叔景、趙元嗣，亦稍勝一籌。

　　　鍾、張：鍾繇，三國魏人，書法兼善各體。張芝，東漢時人，善章草，並創為"今草"，被稱為"草聖"。羅、趙：羅叔景、趙元嗣，都是漢末書法家。張芝曾説自己的書法"上比崔（子雲）、杜（伯度）不足，下方羅、趙有餘。"這裏作者用張芝語意。

12 "不須"二句：不須像張芝那樣臨池苦學，與其用絹帛寫
　　字，倒不如用來做被褥。

　　臨池：《晉書·衛恆傳》附《四體書勢》載：張芝"臨池學
　　書，池水盡黑"。後因以臨池指習學書法。

出潁口初見淮山，是日至壽州

　　熙寧四年（1071）秋末，蘇軾赴杭州通判任，取道潁河南下，十月出潁口（今安徽潁上縣東南正陽關），入淮河，到壽州（今安徽壽縣）。詩為旅途所作。這是一首拗體七律。律詩或絕句全首不依平仄常格的，叫做拗體詩。唐時王維、杜甫，以至李商隱、趙嘏等，均優為之。蘇軾這詩寫淮河秋景，抒發離朝日遠，寄身江海的情懷，而表達以拗體的音節，極饒神韻。

　　　我行日夜向江海，楓葉蘆花秋興長。[1]
　　　長淮忽迷天遠近，青山久與船低昂。[2]
　　　壽州已見白石塔，短棹未轉黃茅岡。[3]
　　　波平風軟望不到，故人久立煙蒼茫。[4]

注釋

1　"我行"二句：我的行程日夜走向長江大海，兩岸楓葉飄紅，蘆花泛白，一派涼秋景象，使人感懷甚多。

　　秋興：秋日引起的感懷。杜甫詩："秋來興甚長。"

2　　　"長淮"二句：船出潁口，開入淮河，驟感天水迷茫，不知
　　　　遠近；船隻隨波上下，在船上望見青翠的淮山也像時高時
　　　　低，同船隻互為起伏。

　　　　長淮：指淮河。源出河南桐柏山，東經安徽、江蘇入洪澤
　　　　湖。作者這時船從潁口轉入淮河。長淮，一作平淮，作者
　　　　手書這詩的墨跡作長淮。

3　　　"壽州"二句：壽州將要到了，首先看見的是那一座白石
　　　　塔，可是乘坐的小船還未轉過黃茅岡。

　　　　短棹：短船。黃茅岡：白居易《山鷓鴣》詩："黃茅岡頭秋
　　　　日晚，苦竹嶺下寒月低。"這裏借用這地名。

4　　　"波平"二句：這時水波平靜，風也輕柔，壽州城還是望得
　　　　見而不能即時到達，在那邊等著我到來的舊友，望著蒼茫
　　　　煙水，大概站立很久了。

　　　按：蘇軾晚年貶嶺南，南下途經虔州（今江西贛州）
時，曾書寫這詩，並題云："予年三十六，赴杭倅過壽，作
此詩。今五十九，南遷至虔，煙雨淒然，頗有當年氣象也。"

泗州僧伽塔

　　熙寧四年（1071），蘇軾離汴京赴杭州通判任，十月船經泗水時作。作者這次重到泗州僧伽塔，回想起五年前曾在泗水阻風禱塔的舊事。當時因禱塔而適值轉了順風，舟行迅速。他不因此而相信僧伽有靈，反而以理說明求神的虛妄。詩中舉出：耕田和割禾所要求的天候不同，去船和來船所要求的風向不同，"若使人人禱輒遂，造物應須日千變"，一言道破了世俗迷信的無稽。出語幽默，耐人尋味。這詩的命意還在於表明作者既不懷私，更無所求，因而胸襟曠達。他這次無須禱塔，而是登塔遠眺，開拓襟懷。

　　僧伽：唐時西域僧人。龍朔初，在泗州信義坊建寺。景龍二年（708），中宗賜名普光王寺。僧伽塔，即埋葬僧伽骨灰的塔。

　　我昔南行舟繫汴，逆風三日沙吹面。[1]
　　舟人共勸禱靈塔，香火未收旗腳轉。[2]
　　回頭頃刻失長橋，卻到龜山未朝飯。[3]
　　至人無心何厚薄，我自懷私欣所便。[4]

耕田欲雨刈欲晴，去得順風來者怨。[5]

若使人人禱輒遂，造物應須日千變。[6]

今我身世兩悠悠，去無所逐來無戀。[7]

得行固願留不惡，每到有求神亦倦。[8]

退之舊云三百尺，澄觀所營今已換。[9]

不嫌俗士污丹梯，一看雲山繞淮甸。[10]

注釋

1　"我昔"二句：我往年從汴京南下，泊船於汴河，颶了三日沙塵滾滾的頂頭風，船行被阻。這是指治平三年（1066）的事。那時作者護父喪舟行回川，自汴河入泗水、入淮河，所以曾經過泗州僧伽塔。

2　"舟人"二句：船工勸我祈禱泗州塔，香火還未燒完，旗腳就轉了向，吹起順風。

3　"回頭"二句：船乘順風行走快速，才片刻時間，回頭已看不見泗州城東的長橋，抵達龜山還未到吃早飯的時候。

　　長橋：在泗州城東。龜山：在安徽盱眙縣北。

　　以上六句寫祈禱僧伽塔而得順風。

4　"至人"二句：僧伽心無偏頗，何分厚薄，我自抱有私心，得到便利所以欣喜。

　　至人：指僧伽。《莊子·逍遙遊》："至人無己，神人無功，聖人無名。"

5　"耕田"二句：耕田希望下雨，收割希望放晴；去者得到順風，但來者處在逆風就要生怨。

6　　**"若使"** 二句：若使每一個祈禱的人都得到滿足，則冥冥間的主宰者勢須一日千變。

　　以上六句説理，否定了上次得風是因禱塔靈驗。

7　　**"今我"** 二句：現在我飄然一身，不為世俗所羈絆，一切聽其自然，進無所求，退無所戀。

　　身世：分別指自身和世俗兩方面。南朝宋・鮑照《詠史》詩："身世兩相棄。"這是説人棄絕世俗，世俗也拋棄了人。這裏説身世兩悠悠，便有兩不相涉，聽其自然的含意。

8　　**"得行"** 二句：得到順風而行，固是所望，阻風滯留也不算壞，如每次到來必有所求，神也會給弄得厭倦的。

9　　**"退之"** 二句：韓愈從前所説僧伽塔高達三百尺，那是僧人澄觀所建，現經重修，不是原貌了。

　　退之：韓愈，字退之。唐元和五年，韓愈任洛陽令，有《送僧澄觀》詩，寫僧伽塔 "突兀便高三百尺"，又説："借問經營本何人，道人澄觀名籍籍。"**澄觀**：唐中葉洛陽高僧。

10　　**"不嫌"** 二句：不怕我的塵俗氣弄污了丹梯，請讓我登塔眺覽淮泗地區的雲山景色。

　　甸：田野。

遊金山寺

　　熙寧四年（1071）冬，蘇軾自京師到杭州任通判，途經江蘇鎮江，十一月初三遊覽金山寺，夜宿寺中，作詩。金山在鎮江市區西北，原名氏父山，又名金鰲嶺、浮玉山。唐代起稱金山。原屹立長江中，因水流變遷，清道光以後開始與南岸相接，現已成內陸山。金山寺始建於東晉，初名澤心寺，唐時改稱金山寺。蘇軾這首紀遊詩寫登覽金山，眺望長江，懷念故鄉，寫景抒情，極盡縱橫馳騁之妙，是他的七古詩名篇之一。長江遠從萬里的蜀中東流入海，詩人也從出生地的巴山蜀水來到長江下游的江浙地區，對著江水，觸發鄉思是極其自然的。詩中以長江為貫串首尾的主軸。落筆即寫長江的發源和入海，正是要説明家在長江頭、身在長江尾，悠長的江水送來了鄉情。下邊無論寫金山的沙痕或中泠的大石，都意在托出長江的潮頭、濤波，直至指江水為誓，結束全詩，沒有一句不緊扣長江。其次，詩中寫景部分，極富於色彩感，江上落日時斷霞半空，到二更月落時海天深黑，景物變化，瑰奇多姿。但作者不是泛於寫景，而是因景生情，要歸結到"江山如此不歸山"的感嘆。再次，寫江心炬火，似真似幻，非鬼非人，因而假設為江神對自己示譴，想像豐富，筆力恣肆，是蘇軾的本色。

我家江水初發源，宦游直送江入海。[1]
聞道潮頭一丈高，天寒尚有沙痕在。[2]
中泠南畔石盤陀，古來出沒隨濤波。[3]
試登絕頂望鄉國，江南江北青山多。[4]
羈愁畏晚尋歸楫，山僧苦留看落日。[5]
微風萬頃靴文細，斷霞半空魚尾赤。[6]
是時江月初生魄，二更月落天深黑。[7]
江心似有炬火明，飛焰照山棲鳥驚。[8]
悵然歸臥心莫識，非鬼非人竟何物？[9]
江山如此不歸山，江神見怪驚我頑。[10]
我謝江神豈得已，有田不歸如江水！[11]

注釋

1　"我家"二句：我的故鄉在長江發源的地方，因作官東遊，直送長江入海。長江實際發源於青海省的沱沱河和楚瑪爾河，宋時說發源於四川岷山。蘇軾的家鄉眉山，就在岷江邊，這時他到杭州上任，地處長江下游，故說"直送江入海"。

2　**“聞道”**二句：聽説金山下的長江潮頭有一丈高，現在冬季水枯，岸上還留有高水位時的沙痕。

3　**“中泠”**二句：中泠泉南邊的盤陀大石，歷來就是隨著波濤漲落而顯露或淹沒不見。

　　中泠（líng 零）：泉名，在金山西北。**盤陀**：石大而不平。

4　**“試登”**二句：試登上山頂，西望故鄉，但被江南江北層疊的青山所遮斷。

　　鄉國：鄉土。

　　以上八句是一段，敘寫金山下的長江波濤壯偉，而想到此水是從故鄉來的。七、八兩句迴腸盪氣，搖曳傳神。

5　**“羈愁”**二句：懷著客愁，怕天晚了，更為難受，想找船回去，山僧堅要留我看落日的景色。

　　羈（jī 基）**愁**：旅人的愁思。**歸楫**（jí 急）：歸舟。

6　**“微風”**二句：微風吹動江水，皺起萬頃細碎波紋。半空中晚霞片片，呈現魚尾的赤紅色。

　　靴文細：形容水波微皺。

7　**“是時”**二句：這時江上半彎眉月，帶著初生的月魄，到了二更月落，天空一片深黑。

　　初生魄：月亮只見到形體而沒有光的部分稱為月魄。古時以每月的初三看見眉狀的新月，也看到月魄，稱為“初生魄”。十五以後開始月缺，稱為“既生魄”。

8　**“江心”**二句：江心彷彿亮起了火把，光焰升騰照見金山，一時林鳥驚飛。

9　**“悵然”**二句：心中感到悵惘，回寺就睡還猜測不定，不是鬼也不是人，究竟是什麼東西？

　　作者自注：“是夜所見如此。”

以上十句為第二段。敘寫原已心情不好，不想再遊，因山僧苦留，又看了落日，直到月出、月落，卻突然看到了江心炬火，更使自己悵然，有許多猜想，不能安睡。思鄉之情，達到不能自制的程度。

10　"江山" 二句：江山這樣美好，我卻不回去故山，難免江神見怪，驚詫我冥頑不靈。

如此：這裏隱含有如此美好之意。江神：設想江心的炬火是江神所顯示。

11　"我謝" 二句：我回答江神：實在出於不得已，我可以對著江水起誓，要是故鄉有田可耕，一定歸隱。

如江水：是指著江水發誓的話。東晉時，祖逖渡江北伐，中流擊楫自誓："祖逖不能清中原而復濟者，有如大江！" 這裏借用其意。

後四句為末段，說不回鄉是迫不得已，回鄉是自己的決心，情真意切。

清·紀昀評："首尾謹嚴，筆筆矯健，節短而波瀾甚闊。"

臘日遊孤山訪惠勤、惠思二僧

　　熙寧四年（1071）作。舊以十二月為臘月，蘇軾於十二月一日遊孤山，故説臘日。孤山峙立於杭州西湖的裏湖與外湖之間，又名梅嶼。這年蘇軾到杭州之前，在汝陰同歐陽修會面，歐陽修告訴他：“西湖僧惠勤甚文，而長於詩”，可以交朋友。惠思也是詩僧，曾與王安石唱酬。所以蘇軾來到杭州的第三天即作孤山之遊。這首紀遊詩敘寫孤山的冬景，體現了詩人捕捉形象的長技。蘇軾對描寫物態，具有敏鋭的觀察力和強度的表現力。他曾説：“求物之妙，如繫風捕影。”風和影都是瞬息變化的，要在變化的瞬間逮住它，點染成富於畫意的形象，這是他的要求。這詩摹寫清景著墨不多，但很概括。入山時，“天欲雪、雲滿湖，樓台明滅山有無”，強調重雲壅滯，山形隱現，恰是行將下雪的陰翳天氣。王維《漢江臨泛》詩：“江流天地外，山色有無中”，同是寫山色若有若無，但所指是天氣明朗的遠山，兩者顯有區別。遊罷歸去的時候，“出山回望雲木合，但見野鶻盤浮圖”，這時薄有暮色，已經不是山色若有若無，而是雲樹迷茫不能辨認了。雪前景象，畫暮的不同變化，寫得各有形態。

天欲雪，雲滿湖，樓台明滅山有無。

水清石出魚可數，林深無人鳥相呼。[1]

臘日不歸對妻孥，名尋道人實自娛。

道人之居在何許？寶雲山前路盤紆。[2]

孤山孤絕誰肯廬，道人有道山不孤。[3]

紙窗竹屋深自暖，擁褐坐睡依團蒲。[4]

天寒路遠愁僕夫，整駕催歸及未晡。[5]

出山回望雲木合，但見野鶻盤浮圖。[6]

茲遊澹薄歡有餘，到家恍如夢蘧蘧。[7]

作詩火急追亡逋，清景一失後難摹。[8]

注釋

1 "天欲"四句：天要下雪，雲氣瀰漫湖上，樓台若明若暗，
   山色若有若無。寒冬水落見石，游魚可數，樹林幽靜無
   人，只聽見鳥聲相呼應。

2 "臘日"四句：在這寒天不回家同妻子、兒女相聚，名是尋
   訪僧人，實是自己找點歡娛。僧寺在哪裏呢？穿過寶雲山
   前紆曲的道路就入到孤山。

   寶雲山：在西湖北面。蘇軾是從寶雲山前過西泠橋到孤山
   的。

3 "孤山"二句：孤山這樣孤零，誰肯住下來，因為住有名
   僧，孤山才不孤寂。

廬：結廬而居。道人：指惠勤、惠思。僧亦可稱道人。不孤：《論語・里仁》：「德不孤，必有鄰。」此用其意。

4　"紙窗" 二句：紙窗竹屋可當暖室，詩僧深居其間，披了褐衣坐禪。

　　紙窗竹屋　糊紙為窗，編竹為屋。褐衣，黃黑色的僧衲。

　　團蒲：即蒲團，僧人參禪的坐具。

5　"天寒" 二句：僕夫怕天寒路遠，整好車子催著回去，要趕在黃昏前到家。

　　晡：申時，黃昏以前。

6　"出山" 二句：離去時回望孤山，樹木全給濃雲遮蔽，只看野鶻在塔頂上盤旋。

　　鶻（gǔ 古）：鷙鳥。浮圖：塔。

7　"茲遊" 二句：這次遊覽的氣氛很恬靜，但很歡快，到家後恍如夢醒而情景俱在。

　　澹薄：恬靜，這裏指沒有熱烈的場面和氣氛。恍：恍惚。蘧蘧（qú 渠渠）：形貌清切。

8　"作詩" 二句：趕緊作詩，捕捉詩情畫意，不讓它跑掉，景色的印象消失就再難摹寫。

　　亡逋：逃亡者。

　　清・紀昀評："忽疊韻，忽隔句韻，音節之妙，動合天然，不容湊拍，其源出於古樂府。"

除夜直都廳，囚繫皆滿，日暮不得返舍，因題一詩於壁

熙寧四年（1071）在杭州作。當時實行新法，浙西兼行水利和鹽法。百姓觸犯鹽法的特多，杭州每年決配鹽犯多達一萬七千人。蘇軾這詩即反映了這一情況。他在除夕還忙於處理囚犯的工作，同情他們為衣食而犯刑，至於執筆流涕。他的《戲子由》詩，有"平生所慚今不恥，坐對疲氓更鞭箠"句，也是為百姓觸犯鹽法而託諷的。

都廳：杭州有通判北廳、東廳、南廳和都廳等官署。

除日當早歸，官事乃見留。
執筆對之泣，哀此繫中囚。[1]
小人營餱糧，墮網不知羞。
我亦戀薄祿，因循失歸休。[2]
不須論賢愚，均是為食謀。[3]
誰能暫縱遣？閔默愧前修。[4]

注釋

1　"除日"四句：除夕本應早點回家，但給官事留住。提起筆來，對著在押的犯人流淚，他們多麼可悲。

2　"小人"四句：小民為了營謀生活，觸犯刑法而不自知羞辱；我也留戀微薄的俸祿，拖延下來耽誤了歸期。

　　餱糧：乾糧，《毛詩》："乃裹餱糧。"這裏泛指糧食。**因循**：守舊不變。

3　"不須"二句：不論官吏、小民，一樣是為了營生。

　　賢愚：賢能或是愚昧的人。這裏實指官、民。

4　"誰能"二句：有誰能暫放他們回去呢？我惻然無語，自覺有愧於古代有品德的人。

　　閔默：亦作憫默，心憂而無言。白居易詩："閔默秋風前。"

　　前修：史載漢高祖劉邦做亭長時，曾釋放解送的罪人。漢時細陽令虞延，晉時臨淄令曹攄，南朝齊建安太守何胤，北朝上州刺史蕭揔和唐太宗李世民均有縱囚事跡。這裏所說的前修指此。

　　按：這詩原來的題目未見。蘇軾後在元祐五年（1090）知杭州期間，曾自和這詩原韻，題為《熙寧中，軾通守此郡。除夜，直都廳，囚繫皆滿，日暮不得返舍，因題一詩於壁，今二十年矣。衰病之餘，復忝郡寄，再經除夜，庭事蕭然，三圄皆空。蓋同僚之力，非拙朽所致，因和前篇呈公濟、子侔二通守》。現從後篇題中摘出數語，作為前篇的詩題。

戲子由

熙寧四年（1071）十二月，在杭州作。作者弟轍，初為制置三司條例司屬官，因反對新法，同呂惠卿議論不合。當施行青苗法時，蘇轍致書王安石，力陳不可行，由此得罪王安石，被調任陳州州學教授。蘇軾到杭州就任通判前，曾去陳州見了蘇轍。《蘇詩總案》説：“熙寧四年，時方行青苗、免役、市易，浙西兼行水利、鹽法，地方騷然，使者所至發摘官吏。公以學官無吏責，作戲子由詩。”這詩前半寫宛丘先生——蘇轍屈居學官的清苦生活，隱示遭受冷遇，但氣概依舊，不為所屈。後半寫餘杭別駕——作者自謂，居處畫堂、重樓而氣節消縮。前者是相戲，意存稱許，並為之鳴不平；後者是自嘲，發洩憤慨，實際上所嘲的不是自己，而是真正居高志下、刑虐百姓的官僚。這詩的針對性很強，諷刺也很尖銳，是作者後來身陷烏台詩案被指責的謗詩之一。通篇的筆調戲謔，但有其嚴肅處。末後“付與時人分重輕”，作者不自下結論，姿態更高。

宛丘先生長如丘，宛丘學舍小如舟。

常時低頭誦經史，忽然欠伸屋打頭。[1]

斜風吹帷雨注面，先生不愧旁人羞。[2]

任從飽死笑方朔，肯為雨立求秦優！[3]

眼前勃蹊何足道，處置六鑿須天游。[4]

讀書萬卷不讀律，致君堯舜知無術。[5]

勸農冠蓋鬧如雲，送老齏鹽甘似蜜。[6]

門前萬事不掛眼，頭雖長低氣不屈。[7]

餘杭別駕無功勞，畫堂五丈容旗旄。

重樓跨空雨聲遠，屋多人少風騷騷。[8]

平生所慚今不恥，坐對疲氓更鞭箠。[9]

道逢陽虎呼與言，心知其非口諾唯。[10]

居高志下真何益，氣節消縮今無幾。[11]

文章小技安足程，先生別駕舊齊名。

如今衰老俱無用，付與時人分重輕？[12]

注釋

1　"宛丘"四句：宛丘先生身長如山丘，宛丘的學舍卻矮小如
　　舟，經常要俯低頭來講誦經史，偶然伸腰呵欠，準給屋瓦
　　打著頭皮。

　　宛丘：河南陳州，今淮陽縣。蘇轍任陳州州學教授，故戲
　　稱他為宛丘先生。

2　"斜風"二句：斜風吹開帷帳，雨水傾注臉孔，你處之泰

然，旁人卻替你慚愧。

3　"任從"二句：任從飽死的侏儒譏笑飢餓的東方朔，豈肯為避雨而求助於秦優！兩句謂寧可居處逆境，不屑向小人低眉。

方朔：東方朔，漢時人。他曾對漢武帝說：侏儒身長三尺多，領一囊粟和二百四十個錢；我身長九尺多，同樣領一囊粟和二百四十個錢，"侏儒飽欲死，臣朔飢欲死"。事見《漢書‧東方朔傳》。這裏以東方朔比蘇轍，以侏儒比朝廷任用的小人。秦優：秦始皇的歌童，名旃，史稱優旃，也是個身材短小的侏儒式人物。一次，始皇設宴，適值下雨，殿前執楯的衛士在雨中站立，優旃對他們說：等會兒我呼喚，你們應諾，我有辦法讓你們休息。等到殿上群臣為始皇上壽呼喊萬歲的時候，優旃果然大聲呼喚："陛楯郎！"眾衛士應諾，優旃道："汝雖長何益，幸雨立，我雖短也，幸休居。"始皇聽了，便叫衛士換班。事見《史記‧滑稽列傳》。這裏以秦優喻小人，並反用其意。

4　"眼前"二句：眼前屋子矮小，家人爭吵不安，本屬微不足道，還是讓精神自由地遊翔於天地間吧。

勃蹊：《莊子‧外物》："室無空虛，則婦姑勃蹊。"釋文說："勃蹊，反戾也。無虛空以容其私，則反戾共鬥爭也。"這裏意指家人爭吵。六鑿、天游：《莊子‧外物》："心無天游，則六鑿相攘。"六鑿即喜、怒、哀、樂、愛、惡，亦稱六情。"天游"謂精神上不受拘束，遊於天地。

5　"讀書"二句：雖曾讀萬卷書，而不讀法律，自知沒有輔助皇帝成為堯舜的治術。這是故作反語。作者認為單憑法律不足以達到唐虞之治，譏刺當時朝廷重法輕儒。

律：指歷朝的法令，通稱法律、法則。**堯舜**：唐堯、虞舜，古代賢君。

6　**"勸農"二句**：視察農事的官員，往來各地，何等喧鬧，學官有一點醬菜、食鹽養老，生活算是甜似蜜糖的了。

　　勸農冠蓋：指實行新法時派到各地視察農田、水利、賦稅、勞役的官吏。冠蓋是官員服用的帽子、車蓋。"冠蓋如雲"語出《漢書》。這裏著一"鬧"字，譏諷當時朝廷新差提舉官，到處生事，發摘官吏，鬧得人人自危。**送老**：養老。**鹽**(jī 跡)**鹽**：鹽是醬菜。韓愈《送窮文》："太學四年，朝鹽暮鹽。"這裏極言學官生活清苦。

7　**"門前"二句**：學舍外邊的事，全不放在眼內，頭雖老是低著，志氣卻是不屈的。

8　**"餘杭"四句**：我這杭州通判沒有什麼功勞，但居住的畫堂極為宏麗，重樓凌空而起，幾乎聽不到下雨聲，而且屋多人少，空蕩蕩地只聽到一片風聲。

　　餘杭別駕：作者自稱。餘杭即杭州。時作者任杭州通判，是州守的佐史，故稱別駕。**畫堂五丈**：秦始皇在阿房宮內建前殿，上可以坐萬人，下可樹五丈旗。這裏形容畫堂高敞，盛陳儀仗。**騷騷**：風動貌。

　　這四句特與"宛丘學舍小如舟"相對照，不舉別人，而出以自嘲，筆端雜有嬉笑怒罵。

9　**"平生"二句**：踞坐公堂，對貧民施加刑責，這是平生引為羞愧的事，現在卻不以為恥。

　　疲氓：貧困的百姓。**鞭箠**：杖責。據《烏台詩案》：那時多流配犯鹽法的貧民。詩意是譏刺鹽法過於苛峻。

10　**"道逢"二句**：在路上遇見陽虎式的人物，也互相交談，心中鄙棄他們，口裏卻漫聲應諾。

陽虎：即陽貨，春秋時人。孔子不屑見他，偏在路上遇著。這裏借指作者看不起但又不能得罪的貴官。《烏台詩案》說：「是時張靚、俞希旦作監司，意不喜其人，然不敢與爭議，故毀詆之為陽虎也。」

11　**"居高" 二句**：職位雖高，志氣卑下，對自己有何好處，氣節消縮到這等地步，所剩無多了。

12　**"文章" 四句**：寫文章是小技，算得什麼，你我往日本是齊名，現在衰老卻沒有用了，還是讓時下的人去判別我們的重輕吧。

文章小技：杜甫詩：「文章一小技，於道未為尊。」**程**：計算。**衰老**：這年作者三十六歲，蘇轍三十三歲，正當壯年，此說衰老是憤慨語氣。

清末‧吳汝綸評：「詼詭有奇趣。」

吉祥寺賞牡丹

　　熙寧五年（1072）三月作。吉祥寺在杭州安國坊，當地多種牡丹。蘇軾《牡丹記敘》說：「熙寧五年三月二十三日，余從太守沈公，觀花於吉祥寺僧守璘之圃。」又說：「州人大集，自輿台皂隸皆插花以從，觀者數萬人。」這詩即景紀實，意趣橫生。

　　人老簪花不自羞，花應羞上老人頭。[1]
　　醉歸扶路人應笑，十里珠簾半上鈎。[2]

注釋

1　　"人老"二句：人老了還插上花枝，縱使不自覺可羞，花枝也會羞於插上老人的頭上吧。劉禹錫《看牡丹》詩：「今日花前飲，甘心醉數杯。但愁花有語，不為老人開。」這裏暗用劉詩語意。

　　簪花：宋時，遇有喜慶則戴花，稱為簪花。

2　　"醉歸"二句：醉後回家，顛危地扶著走路，十里長街的人家，多半捲起珠簾，在爭著瞧哩。杜牧詩：「春風十里揚州路，捲上珠簾總不如。」這裏翻用其意。

雨中遊天竺靈感觀音院

熙寧五年（1072），在通判杭州任上作。時值春末夏初，苦雨不停，夏收和蠶桑等農事都受到嚴重影響，而那些深居高拱、坐享爵祿者卻視若無睹。詩人借靈感觀音院的偶像加以譏刺。天竺在浙江杭州靈隱寺南面山中，有上、中、下三天竺之分。五代後晉年間，僧人道翊在上天竺供奉觀音像，至吳越王時，創建天竺觀音看經院，供白衣觀音。宋嘉祐末，賜名靈感觀音院。

> 蠶欲老、麥半黃，前山後山雨浪浪，[1]
> 農夫輟耒女廢筐，白衣仙人在高堂。[2]

注釋

1　"蠶欲"二句：蠶快要造繭了，麥子快要黃熟了，偏在這時前山後山大雨淋浪，下個不休。

　　浪浪（láng 郎）：雨聲響，雨勢大。

2　"農夫"二句：農夫迫得歇下了耕犁，婦女只好擱下了採桑的竹筐，但院裏的白衣觀音大士卻安穩地坐在高高的佛堂上。

輟耒（lěi 壘）：放下了犁把，指不能耕作。**白衣仙人**：白衣觀音。上天竺的靈感觀音院，在宋代自咸平年間開始，遇有水旱，就受到守官"具幡蓋鼓吹"致禱，並宣揚為"有禱輒應"，故後來獲得賜名靈感。詩人的筆鋒偏在這位"白衣仙人"頭上，這具高坐佛堂受人供奉的偶像，同身居高位不管民瘼者之形象是沒有兩樣的。

六月二十七日望湖樓醉書五絕

　　杭州西以"望湖"為名的建築有兩處：一是望湖亭，在白堤西端，即稱為"平湖秋月"的所在；這一組詩所寫的望湖樓，距錢塘約一里地。《西湖遊覽志》載："望湖樓，在昭慶寺前，（五代）錢王所作，一名先得樓。"詩寫於熙寧五年（1072）。五首詩分別寫了湖上的景色，荷花盛開，菱芡豐美，杜若滿洲，遊人陶醉在湖山、湖月中，以至作者也發出了"故鄉無此好湖山"的醉語。整組詩是西湖的素描畫，既顯示了西湖的美姿，又發掘了當地的生活，東坡確實不愧是西湖的代表詩人。

　　黑雲翻墨未遮山，白雨跳珠亂入船。[1]
　　捲地風來忽吹散，望湖樓下水如天。[2]

注釋

1　　"黑雲"二句：黑雲像濃墨般翻滾過來，還未全把山遮住，白色的雨點已急如跳珠亂灑入船。

　　白雨：即雨，是詩句中給雨加上色彩的用詞。白居易《悟真寺》詩："赤日閒白雨。"

2 　"捲地"二句：捲到地面的大風忽然把驟雨吹散，望湖樓下湖水又和長空一樣明淨。

　　水如天：水天一色。柳宗元《別舍弟宗一》詩："桂嶺瘴來雲似墨，洞庭春盡水如天。"李賀《貝宮夫人》詩："空光帖妥水如天。"

　　這一首寫西湖雨景，雨來得快，收得快，雨後景象清新，確切地摹出了夏天陣雨的圖景。"白雨跳珠亂入船"，句法傳神。

　　放生魚鱉逐人來，無主荷花到處開。[1]
　　水枕能令山俯仰，風船解與月徘徊。[2]

注釋

1 　"放生"二句：放生在湖裏的魚鱉追逐著人影，成群地游來，顯得很親暱，沒有主人的荷花隨處盡情地開放。
　　放生魚鱉：宋天禧四年（1020），特定以西湖為放生池，遊人買得魚鱉，放入湖中，為皇帝祈福，也為自己祈福，漸漸成為習俗。離望湖樓不遠的寶石山麓建有放生亭。無主荷花：野生的荷花。

2 　"水枕"二句：枕臥船上，聽令隨波蕩漾，看見山峰隨船一俯一仰，入夜後風中的湖船似也會同月亮來往。

這一首很有無拘無礙的含蘊。魚鱉逐人和荷花無主，顯出自得之意。末後寫湖船與青山俯仰，與明月徘徊，十分放逸自然。

烏菱白芡不論錢，亂繫青菰裹綠盤。[1]

忽憶嘗新會靈觀，滯留江海得加餐。[2]

注釋

1　"烏菱"二句：烏菱、白芡多得不值錢，湖上收採的菱、芡和菰菜堆滿了水上的盤子。

烏菱：即菱角。殼青色或紅色，煮熟後呈黑色，故稱烏菱。白芡（qiàn 欠）：水生果類植物，又名雞頭、雞雍，《咸淳臨安志》說錢塘等地"所產特佳，西湖尤勝，可篩為粉"。青菰（gū 孤）：蔬類植物，生長在陂澤，稱為菰菜，又名茭白。結實如米，稱菰米。

西湖上採菱、芡的人，都帶了木盤子浮在水面裝載，這兩句是說在採菱、芡的同時，還隨意採了菰菜，捆載滿盤。韓愈詩："平池散芡盤"，就是指採芡的盤子。

2　"忽憶"二句：忽然想起從前在京城會靈觀嘗新的情景，如今留在江南水鄉就吃得更多了。

嘗新：品嚐新出的物產。會靈觀：在汴京南薰門外，建於祥符五年（1012），初名五嶽觀，有奉靈園、凝祥池。會靈觀供客的白芡很有名，歐陽修《食雞頭》詩："凝祥池鎖會靈園。"

獻花游女木蘭橈，細雨斜風濕翠翹。[1]

無限芳洲生杜若，吳兒不識楚辭招。[2]

注釋

1　"獻花"二句：木蘭舟上的游女，冒著斜風細雨給我送花，頭上的翠翹也弄濕了。

　　木蘭橈（ráo 饒）：木蘭，木名，又名杜蘭、林蘭、木蓮。橈，船槳。這裏指木蘭舟。**翠翹**：婦女的首飾，好像翡翠鳥尾巴上的長毛。

2　"無限"二句：無盡的洲渚長著杜若，一片芳香，這些天真活潑的吳中兒女可不知道《楚辭》歌頌的香草，有多麼深長的寄意。

　　芳洲：芬芳的洲渚。**杜若**：香草，夏日開白花，六瓣。《楚辭·九歌·湘君》："采芳洲兮杜若，將以遺兮下女。"**吳兒**：杭州為古代吳地，故說當地人為吳兒。這裏指獻花游女。**楚辭招**：《楚辭》有《大招》、《招魂》篇。《楚辭》許多篇章都提到香草，用以比喻君子。

　　西湖的游女熱情地給這位名詩人送花，以助遊興，可見位居杭州通判的作者同杭州居民是親近的。這詩讚美了湖上游女的快樂和純真。

未成小隱聊中隱，可得長閒勝暫閒？[1]

我本無家更安往？故鄉無此好湖山！[2]

注釋

1　**"未成"二句**：未能回到山林做到小隱，聊且安於居官做個所謂中隱，哪能得到長久的安閒而勝於這樣忙裏偷閒呢？

　　小隱、中隱：白居易《中隱》詩："大隱住朝市，小隱入丘樊。丘樊太冷落，朝市太囂喧，不如作中隱，隱在留司官。似出復似處，非忙亦非閒。唯此中隱士，致身吉且安。"這是以居於鬧市為大隱，居於山林為小隱，做不大不小、半忙半閒的官為中隱。作者依照這個說法，因自己正做著杭州的地方官——通判，所以說是中隱。**長閒、暫閒**：白居易《和裴相聞行》詩："偷閒意味勝長閒。"這裏作者反用其意。

2　**"我本"二句**：我本來就沒有家，還要到哪兒去？故鄉巴蜀沒有杭州這樣美好的湖山！

　　無家：作者一向攜家在任，不能說沒有家，這裏意指離開故鄉飄泊在外。杜甫詩："此身那得更無家。"作者強調"我本無家"，有更進一層的取意。杭州，無疑成了詩人的第二故鄉。

　　清·王文誥評："隨手拈出，皆得西湖之神，可謂天才。"

孫莘老求墨妙亭詩

　　熙寧五年（1072）作於杭州。孫莘老，名覺，高郵人。
與蘇軾為摯交。熙寧四年（1071）十一月，從原任知廣德軍
改知湖州。熙寧五年二月，在府第北面的逍遙堂東建造墨妙
亭，搜尋秦漢以來古文遺刻藏在亭中。蘇軾應他的請求為墨
妙亭寫了這詩。詩中對墨妙亭所藏歷代名家書法作出品評，
並對杜甫評書法偏重瘦硬的見解提出不同意見，認為各家書
法風格不同，都很完美。後半對孫莘老建亭保存書法名跡，
表示衷心欽佩。

蘭亭繭紙入昭陵，世間遺跡猶龍騰。[1]

顏公變法出新意，細筋入骨如秋鷹。[2]

徐家父子亦秀絕，字外出力中藏稜。[3]

嶧山傳刻典刑在，千載筆法留陽冰。[4]

杜陵評書貴瘦硬，此論未公吾不憑。[5]

短長肥瘦各有態，玉環飛燕誰敢憎。[6]

吳興太守真好古，購買斷缺揮縑繒。[7]

龜趺入座螭隱壁，空齋晝靜聞登登。[8]

奇蹤散出走吳越，勝事傳說誇友朋。[9]

書來乞詩要自寫，為把栗尾書溪藤。[10]

後來視今猶視昔，過眼百世如風燈。[11]

他年劉郎憶賀監，還道同時須服膺。[12]

注釋

1　**"蘭亭"二句：**《蘭亭集序》的繭紙真本，已隨葬入昭陵，
　　但傳世的拓本仍可看到"龍躍天門"般的飛動筆勢。
　　蘭亭：晉代大書法家王羲之的《蘭亭集序》寫本。**繭紙：**
　　晉時習用的蠶繭紙。張彥遠《法書要錄》說："王羲之用蠶
　　繭紙、鼠鬚筆，書蘭亭詩序。"**昭陵：**唐太宗陵，在今陝
　　西醴泉縣東北。唐太宗酷愛王羲之書法，死後，以《蘭亭》
　　真本隨葬。**遺跡：**指唐太宗生前分賜皇族、近臣的《蘭亭》
　　摹本。**龍騰：**喻字跡飛動有勢。梁武帝評王羲之的書法"如
　　龍躍天門，虎臥鳳閣"。

2　**"顏公"二句：**唐時顏真卿一變古法，另出新意，他那細硬
　　如筋、雄秀入骨的筆力，如同秋天的鷹隼。
　　顏公：顏真卿，唐大臣，書法家。封魯郡公，世稱顏魯
　　公。書法初學褚遂良，後從張旭得筆法，正楷端莊雄偉，
　　行書遒勁鬱勃，古法為之一變，開創了新風格，對後來影
　　響很大，世稱"顏體"。**細筋：**張彥遠《法書要錄》說："多
　　骨微肉者謂之筋書。"這是評論書法以表現筆力為上。

3　**"徐家"二句：**徐嶠之、徐浩父子的書法也極為秀出，筆勢
　　遒勁有力而不露鋒芒。

徐家父子：唐代大書家徐嶠之、徐浩父子，皆工草隸。徐浩尤有名，楷法圓勁厚重，自成一家。《新唐書》本傳說他的筆法如"怒猊抉石，渴驥奔泉"。**藏稜**：鋒芒藏而不露。

4　**"嶧山"二句**：秦《嶧山碑》傳世刻本典範尚存，筆法為千年後的李陽冰所繼承。

嶧山：指《嶧山碑》。秦始皇二十八年（前219）東巡各郡縣，在鄒城嶧山上刻石紀功，碑文為丞相李斯手寫的小篆書體。後來有多種摹刻本傳世，以長安鄭文寶所刻為最好。**典刑**：即典型。**陽冰**：李陽冰，唐文字學家、書法家。工小篆，得法於嶧山刻石，變化開合，自成風格，號稱"玉筋體"。

5　**"杜陵"二句**：杜甫評論書法以瘦硬為貴，這種評論未見公允，我不作為依據。

杜陵：杜甫自稱"杜陵野老"或"杜陵布衣"。他的《李潮八分小篆歌》說："書貴瘦硬方通神。"

6　**"短長"二句**：字體和人體一樣，短長肥瘦各有儀態，肥如楊玉環，瘦如趙飛燕，誰敢說她們不美呢。

玉環：唐玄宗的貴妃，體態豐肥。**飛燕**：漢成帝的皇后，體態纖瘦。

7　**"吳興"二句**：吳興太守孫莘老真是個好古的人，購買斷碑殘碣，不惜揮霍財貨。

吳興：即湖州。**斷缺**：指殘缺不全的石刻。**縑繒**：絲帛，借指財幣。

8　**"龜趺"二句**：把碑刻安置在龜趺座上，或嵌在亭壁間，書齋靜穆的白天只聽到拓碑的登登聲響。

龜趺：古時刻石成龜形，用以負載碑石，稱為龜趺，或稱為贔屭（bì xì 碧戲）。螭：碑刻的雕飾，蜿蜒如龍狀。螭隱壁，意謂嵌在壁上的碑刻，現出雕飾的蛟螭。

9　**"奇蹤" 二句**：瑰奇的古書法拓片散佈到吳越各地，這一盛舉傳揚並受稱讚於友朋間。

　　吳越：江浙地區。

10　**"書來" 二句**：來信請求為墨妙亭作詩，還要親筆書寫，因此我用剡溪紙把詩寫好。

　　栗尾：筆名，狀如錐栗。**溪藤**：紙名，以浙江剡溪所產藤製成。

11　**"後來" 二句**：後人回看今天，等於今人回看往昔，百世光陰不過是轉眼間事，像風中燈燭，很快就熄滅了。《蘭亭集序》有句："後之視今，亦猶今之視昔。"這裏引用其意。

12　**"他年" 二句**：像劉禹錫懷想賀知章那樣，我和你作為同時的友人，將來相憶，總是衷心敬服的。

　　劉郎憶賀監：唐·劉禹錫詩："高樓賀監昔曾登，壁上筆蹤龍虎騰。" 又説："偶因獨見空驚目，恨不同時便伏膺。" 唐時賀知章曾任秘書監，世稱賀監。劉禹錫的詩是對賀知章的題壁表示欽佩。**服膺**：存記在心，亦作伏膺。

清·紀昀評："句句警拔，東坡極加意之作。"

將之湖州戲贈莘老

　　熙寧五年（1072）冬作於杭州。莘老，即孫覺，時為湖州太守。因孫覺議築松江隄堰，蘇軾將要到湖州查勘水利，那裏既有好山水，又有好友，他為此行而高興。這詩以清新的詩筆寫出一幅湖州風物畫，使人嚮往。後四句自比於尋春的杜牧，而又不同於杜牧，出語風趣。

> 餘杭自是山水窟，仄聞吳興更清絕。[1]
> 湖中橘林新著霜，溪上苕花正浮雪。[2]
> 顧渚茶芽白於齒，梅溪木瓜紅勝頰。[3]
> 吳兒膾縷薄欲飛，未去先說饞涎垂。[4]
> 亦知謝公到郡久，應怪杜牧尋春遲。[5]
> 鬢絲只可對禪榻，湖亭不用張水嬉。[6]

注釋

1　　**"餘杭"二句**：杭州固是山水名區，聽説吳興風光尤為清勝。**餘杭**：即杭州。**仄聞**：亦作側聞，意謂從旁聽到。**吳興**：湖州治地。

2　　**"湖中"二句**：太湖的橘子林新近經霜，苕溪的蘆葦正在開花，白如浮雪。

湖：指太湖。湖中有東、西二洞庭山，盛產橘。韓彥直《橘錄》：「洞庭柑（即橘）出洞庭山，皮細而味美，其色如丹，熟最早。」**溪**：指苕溪。苕花即蘆葦花，色白。

3　**「顧渚」二句**：顧渚的紫筍茶芽，潔白過於齒牙，梅溪的木瓜，紅熟勝似人的臉頰。

　　顧渚：山名，在吳興縣西北三十里。紫筍茶為山中名產。**梅溪**：一名東海堰，在吳興西南，盛產木瓜。

4　**「吳兒」二句**：吳人巧手切肉治餚，又細又薄，我還沒去就說起來，弄得饞涎欲滴。

　　膾縷：細切肉稱為膾，膾縷即切肉絲。《論語·鄉黨》：「膾不厭細。」杜甫詩：「刀鳴膾縷飛。」吳人多精治魚膾。

5　**「亦知」二句**：我已知你移知湖州，到任已久，應怪我如同唐時杜牧一樣前去遊春太遲了。

　　謝公：晉時謝安曾任湖州太守，這裏比擬孫莘老。**杜牧**：唐代詩人。杜牧初遊湖州，刺史崔元亮特地舉行綵舟競渡——「水嬉」，接待他參觀。杜牧看上了一個少女，想要娶她，約定以十年為期。十四年後杜牧才出任湖州刺史，這女子已出嫁三年了。杜牧為此寫了一首《悵詩》，前二句道：「自是尋春去較遲，不須惆悵怨芳時。」這裏作者戲以杜牧自謂，意說來看吳興山水並探訪好友過遲了。

6　**「鬢絲」二句**：我已年長，只可學佛，你不用著像崔元亮接待杜牧那樣為我舉行水嬉。

　　鬢絲：指年長。這裏仍用杜牧的詩意：「今日鬢絲禪榻畔，茶煙輕颺落花風。」

吳中田婦嘆和賈收韻

熙寧五年（1072）十二月，蘇軾留在湖州察看松江隄堰期間所作。這詩借吳中農家婦的怨嘆，追記了這年秋間久雨成災，又因賦稅負擔，農村出現的慘象，詩中對施政有所諷刺。前半首寫農民傷災惜稻，收穫艱苦萬狀。後半首寫錢荒穀賤，賦稅"要錢不要米"，農家收穫所得，價賤如糠，還得賣牛納稅，結果錢、米兩空，沒有活路。錢荒確是施行新法期間出現的問題，這詩面對社會現實而發言，表現了作者對人民疾苦的同情。

賈收，字耘老，烏程人。極佩服蘇軾，建有"懷蘇亭"，所著詩集中有一卷名《懷蘇集》。

今年粳稻熟苦遲，庶見霜風來幾時。
霜風來時雨如瀉，杷頭出菌鐮生衣。[1]
眼枯淚盡雨不盡，忍見黃穗臥青泥！
茅苫一月壠上宿，天晴穫稻隨車歸。[2]
汗流肩赬載入市，價賤乞與如糠粞。[3]
賣牛納稅拆屋炊，慮淺不及明年饑。[4]

官今要錢不要米，西北萬里招羌兒。[5]

龔黃滿朝人更苦，不如卻作河伯婦！[6]

注釋

1 **"今年"四句**：今年的粳稻成熟偏偏很遲，秋季恐怕不幾天就到了。秋天來時卻又暴雨成災，無法持鐮收割。

   粳稻：大米，亦稱秔。**苦**：甚。**庶見**：近見。**霜風**：指秋季。**菌、衣**：此指把頭發霉和鐮刀生鏽，是因滯雨無法收割。

2 **"眼枯"四句**：眼淚流乾，雨還不止，怎忍見到黃熟的稻穗倒伏在泥巴裏！支起茅蓬，在田隴上守了一個月，待到天晴割了稻子，用車載回去。

   忍見：豈忍見。**茅苫**：編茅做蓬蓋。

3 **"汗流"二句**：通體流汗，肩膊被扁擔壓紅，載到市場，但糧價低賤，像討乞一樣才賣得如同糠皮碎米的價錢。

   頳（chēng 稱）：紅色。**粞**：碎米。

4 **"賣牛"二句**：賣牛去完稅，拆屋來炊飯，救得目前，顧不到來歲的饑饉。

   慮淺：只考慮到短時的利害。

5 **"官今"二句**：國家賦稅現在收錢不收米，大量錢幣正用於招撫西北的羌人。

   要錢不要米：宋時的賦稅，原是繳納米、錢任從民便。自新法施行，青苗法用錢收支，免役法要徵收免役錢、助役錢、免役寬剩錢；農田水利法要發放貸款，因而出現錢荒米賤現象，導致收稅要錢不要米。**招羌兒**：宋神宗為加強西北邊防，抑制西夏，採用王韶的"平戎之策"，招撫西北的蕃族（羌人）。熙寧五年至六年（1072—1073），在熙、河、洮、岷、疊、石等州幅員二千里地區，建置了熙河路，改善了軍事形勢。當時為招撫羌人支出大量錢幣。

6　　**"龔黃"二句**：好官滿朝，人民卻更加受苦，與其做農家婦不如做河伯婦淹死的好。

龔黃：龔遂。漢宣帝時為渤海太守；黃霸，漢宣帝時為揚州刺史，後官至丞相，均史稱好官。龔黃滿朝，即好官滿朝，這一句是反話，有譏諷意味。**河伯婦**：《史記·西門豹傳》載：戰國時魏國鄴地常患水災，女巫製造水神河伯娶婦的謊言，藉以斂財，每年將一個女子投入河裏，算是嫁給河伯，以免水患。後來西門豹為鄴令，懲治了女巫，為民除害。這裏說做河伯婦，就是投河自盡。

秀州報本禪院鄉僧文長老方丈

熙寧五年（1072）冬，蘇軾過秀州時作。秀州為五代十國時吳越所置，明代改置秀水縣，地屬今浙江嘉興。報本禪院在秀州永樂鄉，唐宣宗時，僧冀所建。宋時改名本覺寺，這裏所用是舊名。文長老，法名文及，蜀人，與作者同鄉，故稱鄉僧。這詩先寫久別故鄉的情思，然後帶出鄉僧文長老，又敬重文長老是個有道之僧，感情的深摯，就非泛泛的鄉誼可比。讀來極見意厚情親。三、四句"每逢蜀叟談終日，便覺蛾眉翠掃空"，是流水對，上下一氣連貫，而極盡馳騁能事。這一聯，紀昀指為"警動"，它和末兩句都是"清雄"之筆。

萬里家山一夢中，吳音漸已變兒童。[1]
每逢蜀叟談終日，便覺峨眉翠掃空。[2]
師已忘言真有道，我除搜句百無功。[3]
明年採藥天台去，更欲題詩滿浙東。[4]

注釋

1. **"萬里"二句**：迢迢萬里的家山，如今只能縈繞在夢中，離鄉日久，兒童已漸變鄉音為吳音。

   吳音：吳地的口音。作者官居舊屬吳地的杭州，故云。

2. **"每逢"二句**：每當與文長老作整日的長談，便好像身在西蜀，見到蛾眉山翠色橫空。

   蜀叟：指文長老。

3. **"師已"二句**：禪師論道已臻無言之境界，真是得道之僧，我卻除了寫詩之外，百無一成。

   忘言：陶淵明詩："此中有真意，欲辨已忘言。" **搜句**：指寫詩。

4. **"明年"二句**：明年我要入天台山求道，更想盡情寫詩，題遍浙東。

   採藥：意指求道。

法惠寺橫翠閣

　　熙寧六年（1073）正月，蘇軾在杭州遊法惠寺橫翠閣作。法惠寺在杭州清波門外的方家峪附近，北宋乾德元年（963）吳越王錢俶所建，初名興慶寺，大中祥符年間改名法惠寺。寺內的橫翠閣，地當吳山側畔，可以望見吳山橫列的翠色，故題名“橫翠”。此詩描寫了吳山的姿采，早暮多變，轉折盡態，並扣緊了“橫翠”兩字，它彷彿是閣上的一幅翠色的簾額。從吳山橫翠，詩人觸動鄉思，想起了蜀中翠色掃空的峨眉山，這一聯繫極其自然。末後又將馳騁的鄉思回到了橫翠閣，點出他日不獨憑欄人老，雕欄朽壞，甚至橫翠閣也會變為草莽，可是吳山橫翠的秀色永存，足供後人指點，結得十分超脫。這詩轉了幾個韻腳，音節短峭，遣詞清婉，思想起伏，富有感染力。

　　朝見吳山橫，暮見吳山縱，吳山故多態，轉折為君容。[1] 幽人起朱閣，空洞更無物，惟有千步岡，東西作簾額。[2] 春來故國歸無期，人言秋悲春更悲。已泛平湖思濯錦，更看橫翠憶峨眉。[3]

雕欄能得幾時好？不獨憑欄人易老。百年興廢更堪哀，懸知草莽化池台。[4] 遊人尋我舊遊處，但覓吳山橫處來。[5]

注釋

1　"朝見"四句：早上清朗時所見的吳山是一橫列，昏暮時所見卻直立著，吳山本多形態，像轉動著向你呈現它的姿容。**吳山**：在浙江杭州市西湖東南面，山體伸入市區，綿亙數里。春秋時，為吳國南界，故名吳山。山上有伍子胥祠，一名胥山。又建有城隍廟，稱城隍山。**轉折**：即指早暮縱橫異態。這裏設想吳山自行轉動，做出各種姿態。

2　"幽人"四句：隱居的人在這裏建造紅色的樓閣，閣內沒有什麼陳設，只有千步以外的吳山，自東而西，像給橫翠閣裝上一幅簾額。
　　幽人：非塵俗人。這裏指建造橫翠閣的寺僧。**簾額**：簾幕上部所附的餘幅，又叫簾旌。

3　"春來"四句：又是一年的春天，歸鄉依然無期，人多說悲秋，此刻對著滿眼春色的湖山卻更多悲思。泛舟西湖已想起故鄉的濯錦江，再看到吳山橫翠，蜀中峨眉山又浮現在記憶中。
　　故國：故鄉。**秋悲**：秋天草木凋落使人生悲。《楚辭·九辯》："悲哉秋之為氣也。"**濯錦**：江名，又名岷江。**峨眉**：四川名山。李白詩："西看明月憶峨眉。"

4　"雕欄"四句：雕欄能得幾天完好？不獨我這憑欄遠眺的人

會很快老去。說到百年的興衰變幻實在太可哀了，料知橫翠閣定將化為一片草莽而不復存在。南唐‧李煜詞："雕欄玉砌應猶在，只是朱顏改。"這裏說"雕欄能得幾時好"，又深一層。

雕欄：有雕飾的欄杆。**懸知**：料想。**草莽化池台**：倒言之，即池台化為草莽。

5　"**遊人**"二句：後世的遊人來尋訪我的故跡，只須找吳山橫翠的地方就是了。

清‧紀昀評："短峭而雜以曼聲，使人愴然易感。"

飲湖上初晴後雨二首 （選其二）

熙寧六年（1073）正、二月間作，時在通判杭州任內。杭州西湖，漢、魏時稱明聖湖，唐時稱錢塘湖，宋代通稱為西湖。唐詩人白居易重修了錢塘六井，便於蓄洩湖水，在湖上題詠很多，如"亂花漸欲迷人眼，淺草才能沒馬蹄"（《錢塘湖春行》），"煙波淡蕩搖空碧，樓殿參差倚夕陽"（《西湖晚歸回望孤山寺贈諸客》），都是名句。蘇軾是在白居易之後二百年對修治西湖出了很大力量的第一人。這首詩以西湖比西子，是所有唱詠西湖名作中最為確切的評擬。宋時武衍詩說："除卻淡妝濃抹句，更將何語比西湖？"（《正月二日泛舟湖上》）表示十分嘆服。西湖亦稱西子湖，正是從東坡的名句而來。

　　水光瀲灩晴方好，山色空濛雨亦奇。[1]
　　若把西湖比西子，淡妝濃抹總相宜。[2]

注釋

1　"水光"二句：麗日照射下，輕波蕩漾，光影滿湖，晴天

的湖景是滿好的；山色迷濛似隔著輕紗，增加了湖上的層
次，雨天的湖景也是極為奇妙的。

瀲灩：水滿貌。

2　**"若把"二句**：若果把西湖比作古美人西施，無論淡素的或
是濃艷的盛妝，總是十分合適，妍麗非常。

西子：春秋時代越國美人西施。

　　清‧王文誥評："此是名篇，可謂前無古人，後無來
者。公凡西湖詩，皆加意出色，變盡方法。"

自普照遊二庵

熙寧六年（1073），蘇軾在通判杭州任上，奉命出巡浙西屬縣，到過富陽、新城等地。詩是正、二月間巡富陽時所作。普照寺在富陽縣城北面五里，建自唐代。距普照寺約一里有延壽院，分東庵和西庵，建自宋乾德年間。這首詩觸及了出世和入世的人生態度問題。兩個枯寂的山僧，並不想過著幽獨的生活，但他們無法出山，等於被拋棄在世外。作者和兩個山僧有同感，雖愛山林，但不願出世而長處山中。他明確表示自己積極入世的思想——既不避人，更不避世。

長松吟風晚雨細，東庵半掩西庵閉。
山行盡日不逢人，裛裛野梅香入袂。[1]
居僧笑我戀清景，自厭山深出無計。
我雖愛山亦自笑，獨往神傷後難繼。[2]
不如西湖飲美酒，紅杏碧桃香覆髻。[3]
作詩寄謝採薇翁，本不避人那避世！[4]

注釋

1 **"長松"四句**：風吹長松發出吟嘯聲，晚來細雨霏霏，東庵
半掩著門戶，西庵卻已關上門了。在山野走了整天沒碰上
一個人，倒是染得一袖梅花的香氣。

   裛裛（yì 邑）：香氣染衣。作者在細雨中來到二庵，所以説
衣袖露濕而帶有野梅香味。**袂**（mèi 昧）：衣袖。

   這四句著意寫出山寺的冷寂和山僧的幽獨生活。

2 **"居僧"四句**：居住庵裏的僧人笑我愛戀清幽的景色，説他
自己厭棄這山野過於深僻，但無法出山。我雖然喜愛山林
也覺得自己可笑，長處山中總覺神傷，恐難繼續下去。

   神傷：感傷。杜甫詩："神傷山行深。"此用其意。

   居僧是已經出家的人，尚且厭棄山中的冷寂，看到作者留
戀清景，自然覺得可笑。作者想到這一層，也自覺可笑。

   這四句看出作者抒寫胸臆，不作矯情之筆。

3 **"不如"二句**：倒不如在西湖上暢飲美酒，坐對花枝般艷麗
的歌姬。

   紅杏碧桃：喻杭州西湖的歌姬，因下面接以香風覆鬢，所
指就很明顯。在作者生活的年代，西湖上的仕女，除了人
家的眷屬之外，還有不少歌姬，作者也常參加有名妓在座
的宴席，十分隨和。

   在西湖飲美酒，對名姬，也不全是寫作者自己，這裏是以
西湖上的遊樂反襯出山寺的幽獨。

4 **"作詩"二句**：我作詩辭謝隱居者，自己本來就不逃避人事
的紛擾，更沒有遁世的想法。

   採薇翁：《史記·伯夷列傳》載："伯夷、叔齊恥之，義不

食周粟，隱於首陽山，採薇而食之。"這裏指隱居者。**避世**：《論語·憲問》："賢者避世，其次避地，其次避色，其次避言。"概括起來，就是以逃避現實作為賢者、高士。作者表示自己不做這樣的賢者，言外之意，當然是要做個有所作為的積極入世者。

新城道中

　　新城在杭州西南百多里，當時是杭州屬縣，即今浙江省杭州市境。熙寧六年（1073）春，作者在巡視富陽後，繼續出發到新城，這是在道中所作。這詩清新、愉快，讚美了山村人家的勞動生活。

> 東風知我欲山行，吹斷簷間積雨聲。
> 嶺上晴雲披絮帽，樹頭初日掛銅鉦。[1]
> 野桃含笑竹籬短，溪柳自搖沙水清。
> 西崦人家應最樂，煮芹燒筍餉春耕。[2]

注釋

1　**"東風"四句**：東風似是知道我要踏上山間的旅程，有意放晴，屋簷的淅瀝雨聲停下來了。晴天的雲朵繞著嶺頭，像棉絮帽子，太陽剛升上樹梢，像掛著一面銅鉦。
　　晴雲吹絮：唐詩人常形容晴雲為棉絮。韓愈詩："晴雲如擘絮。"杜牧詩："晴雲似絮惹低空。"**銅鉦**（zhēng 征）：古樂器，狀如銅盤。

2　**"野桃"四句**：短矮的竹籬邊，桃花鮮妍，似含著淺笑，垂

柳的嫩枝條在清淺的溪水上輕輕飄拂。西山的農家該是最
快樂的，這時候正燒了芹菜、竹筍，送給在田裏春耕的
人吃。

西崦（yān 淹）：西山。**餉**：送。

　　全詩的前六句著意描寫早行景色，路上風日晴明，水
清沙白，桃柳爭春，充滿生意，使人心神舒暢。末兩句是寫
餉耕時刻，農家忙著做菜飯送到田裏，很富春耕生活氣息。
這詩可與唐詩人王維的《積雨輞川莊作》一詩媲美。

於潛僧綠筠軒

熙寧六年（1073）從杭州到於潛時作。於潛僧，名孜，字惠覺，居住於潛豐國鄉寂照寺。寺內的綠筠軒，以多竹而取名。作者以竹和肉比擬高潔和庸俗，說明人的操守，非此則彼，不能兼容。末尾說"世間那有揚州鶴"，語帶幽默，命意卻是嚴肅的。

可使食無肉，不可使居無竹。無肉令人瘦，無竹令人俗。[1] 人瘦尚可肥，士俗不可醫。旁人笑此言，似高還似癡。[2] 若對此君仍大嚼，世間那有揚州鶴！[3]

注釋

1　"可使"四句：儘可以飲食生活沒有肉食，不可以讓居住環境沒有秀竹。沒有肉食能使人消瘦，沒有竹樹卻會使人庸俗。

　　食無肉：這裏以食無肉區別於肉食者流。《左傳·莊公十年》："肉食者鄙，未能遠謀。"作者取其意，以肉食者比喻專事營求厚祿的人。**居無竹**：這裏用王徽之種竹的故事。《晉書‧王徽之傳》說：王徽之曾寄住一間空宅，即令種竹，人問他為什麼，他指著竹子說："何可一日無此君。"

2 **"人瘦"四句**：人消瘦一點，還可以轉肥，士人庸俗那才是無可救治的死症。別人笑我這樣說，似乎很高潔又似乎太傻了。

3 **"若對"二句**：若愛高潔而又嗜肉食。世間哪有這樣的如意算盤呢！

此君：用王徽之語，指竹。**揚州鶴**：《殷芸小說》有一段諷刺文字說：幾個人在一起，各自談希望，一個說想做揚州刺史，一個說想多得錢財，一個說想騎鶴升天。輪至最後一個，說要"腰纏十萬貫，騎鶴上揚州"。這人什麼都想要。這裏比喻既想常對秀竹而保持高潔，又想肉食而不怕鄙俗，是辦不到的。

於潛女

熙寧六年（1073），蘇軾在杭州，到於潛觀政時作。於潛，舊縣名，西漢置。地在今浙江臨安縣境。這詩塑造了於潛的農村婦女的優美形象。青裙、白衫、赤足，不怕風雨，給人以質樸、整齊、健康而有氣概的美感。這種美不依靠綺羅裝飾和脂粉塗澤，與宮廷貴婦、閨閣美人判然不同。詩人筆下的人物，在楊柳飛絮的如畫風光中"照溪畫眉"，在迎接著樵歸的丈夫時露出了嫵媚的表情，充分表現了她的純潔的愛情生活。詩人為這種建築在勞動生活上的愛情發出讚歌，下了"不信姬姜有齊魯"的結句。於此看到了蘇軾用以衡量純美的尺度。

青裙縞袂於潛女，兩足如霜不穿屨。
鰭沙鬂髮絲穿柠，蓬沓障前走風雨。[1]
老濞宮妝傳父祖，至今遺民悲故主。[2]
苕溪楊柳初飛絮，照溪畫眉渡溪去。
逢郎樵歸相媚嫵，不信姬姜有齊魯！[3]

注釋

1 **"青裙"四句**：青裙、白衣的於潛女子，光著一雙白皙的腳，兩鬢梳挽成飛鳥的翅膀，銀櫛橫插頭上，把髮縮住，在隄障前迎著風雨行走。

縞袂：縞是白色織品，袂是衣袖，這裏指白衣。**屨**：麻鞋。**髻（zhà 榨）沙**：形容兩翼分張。韓愈詩："赤鳥司南方，尾禿翅髻沙。"這裏說於潛女子的髮式作兩角翹張狀。**杼**：當作杼，機上操持緯線的織具。絲穿杼，形容鬢髮插上銀櫛像絲穿在杼上。**蓬沓（tà 撻）**：銀櫛。作者在另一首《於潛令刁同年野翁亭》詩中自注説："於潛婦女皆插大銀櫛，長尺許，謂之蓬沓。"**障**：水隄。

2 **"老濞"二句**：這種宮妝傳自吳越王錢氏，今天遺民還懷念著吳越國而保存了古風。

老濞（bì 碧）：漢初，劉濞封吳王。這裏借指五代時在兩浙立國的吳越王。**宮妝**：指於潛女子插銀櫛的髮式，是吳越國宮廷遺制傳於民間。**故主**：亦指吳越王。

這兩句特別點出蓬沓為古裝，意在説明於潛農家婦女不趨向時世裝，愈見其質樸。

3 **"苕溪"四句**：苕溪上楊柳結實，墜絮初飄，年輕的婦女臨溪用手勻整了一下眉毛，走過溪去，迎著採樵歸來的丈夫，神態顯得多麼嬌媚，使人不敢相信世上還有什麼姬姜美女！

苕溪：水名，一名苕水。有二源：東苕出自浙江天目山南；西苕出自天目山北，至吳興縣合流，入太湖。**姬姜**：西周初，太公姜尚封於齊，周公姬旦的兒子伯禽封於魯。姜氏、姬氏是齊、魯的大族。齊姜魯姬，指貴族婦女。

立秋日禱雨，宿靈隱寺，同周、徐二令

熙寧六年（1073）秋，天旱，蘇軾偕同錢塘縣令周邠、仁和縣令徐疇到靈隱寺（杭州靈隱山下）禱雨，夜宿作詩。詩中寫了當夜沒有睡好和思緒紛然的情狀，落筆比較含蓄。頷聯“床下雪霜侵戶月，枕中琴筑落階泉”，意境極清，但不是抒發秋夜的清興，而是隱示輾轉不眠。頸聯說遍嘗世味，漸慣寂居，又隱有一層意思，是說安於澹泊，為什麼不能成眠呢？末後兩句點出憫農之心和“起占雲漢”，是正面回答。作者關心民間疾苦，也在詩中顯出了鮮明的形象。

> 百重堆案掣身閒，一葉秋聲對榻眠。[1]
> 床下雪霜侵戶月，枕中琴筑落階泉。[2]
> 崎嶇世味嘗應遍，寂寞山棲老漸便。[3]
> 惟有憫農心尚在，起占雲漢更茫然。[4]

注釋

1 “百重”二句：在案牘繁忙中抽身來此禱雨，窗外葉落，秋聲入耳，大家正對床而睡。

百重堆案：文書堆積，公事繁忙。**一葉秋聲**：《淮南子·説山訓》："一葉落知天下秋。"

2 **"床下"二句**：床下皓如雪霜，那是透進窗戶的月色。枕中似聞琴筑，原是瀉落階下的泉聲。

3 **"崎嶇"二句**：崎嶇不平的世途況味已經嘗遍，寂寞山居也隨著年紀漸老而適應了。

便（pián 駢）：適宜，安適。

4 **"惟有"二句**：惟有憐憫農家困苦的心情沒有改變，夜裏起來仰視天河的晴雨徵象，更感到茫然。末句説旱象嚴重，沒有雨意。

雲漢：天河。《詩經·大雅》有《雲漢》一篇，是歌頌周宣王的，首章"倬彼雲漢，昭回於天"，寫宣王仰視天河，深懼旱災；以後各章均以"旱既大甚"起句，寫宣王憂心國事。這裏翻用其意。

有美堂暴雨

　　熙寧六年（1073）初秋作。有美堂在杭州吳山，是嘉
祐二年（1057）杭州太守梅摯所建。梅摯赴任時，宋仁宗曾
贈詩道：「地有吳山美，東南第一州」，因此在吳山築堂，取
名有美。蘇軾在杭州寫過許多雨景，如「山色空濛」的西湖
上的細雨，「白雨跳珠」的望湖樓的陣雨，無不各有特色。
這一首卻是寫吳山秋雨，是一場暴雨，而且有美堂位於吳山
最高處，左覽錢塘，右臨西湖，境界開闊，是更為雄奇的雨
景。詩人下筆時使用了畫家潑墨的技法，筆勢豪放，墨如潑
出，因而濃染了這場疾風暴雨的壯偉景象。頷聯氣勢特壯，
「風吹海立」是虛寫，「浙東飛雨」是實寫。在吳山頂上可以
望見雨從錢塘江彼岸的西面呼嘯而來，雨是被狂風挾來的，
因而風力能使「海立」也有了真實感。這聯有千鈞筆力，是
傳誦的名句。結處說這場暴雨是上天特意為李白灑面，喚起
他來寫詩，設想新奇，也顯示了作者有不讓古人的才氣。

　　遊人腳底一聲雷，滿座頑雲撥不開。[1]
　　天外黑風吹海立，浙東飛雨過江來。[2]

十分瀲灩金樽凸，千杖敲鏗羯鼓催。³

喚起謫仙泉灑面，倒傾鮫室瀉瓊瑰。⁴

注釋

1　"遊人"二句：隆然一聲，雷從地起，有美堂濃雲充塞，推
　　撥不開。

　　腳底一聲雷：俗說高雷無雨，這裏寫雷聲起自腳底，是低
　　雷、近雷，預示暴雨驟至。**頑雲**：形容濃雲凝聚不散。
　　唐·陸龜蒙《苦雨》詩："頑雲猛雨更相欺。"

2　"天外"二句：天外捲起了黑風，吹得海水為之直立，浙東
　　的暴雨被風勢所挾，飛越錢塘江而來。

　　黑風：晦暗中的暴風，在人們的感覺上說它是黑色的。**海
　　立**：形容海水翻湧如柱。杜甫《朝獻太清宮賦》："九天之
　　雲下垂，四海之水皆立。"**浙東**：浙江舊分為兩浙：錢塘
　　江以東為會稽郡，稱浙東；錢塘江以西為吳郡，稱浙西。
　　吳山有美堂在錢塘江西面，故說雨從浙東飛過江來。

3　"十分"二句：雨勢之大，頓使西湖漲溢，猶如酒太滿了，
　　凸過了杯面。雨聲急似敲擊羯鼓，千杖鏗鳴，繁響不絕。

　　瀲灩：水溢。見《飲湖上初晴後雨》詩注。這一詞也常被
　　用於形容酒滿，如杜牧《羊欄夜宴》詩："酒凸觥心瀲灩
　　光。"**羯鼓**：唐時由西域傳入的樂器，狀如漆桶，用黃檀、
　　狗骨、花楸等木製杖敲擊。演奏時要求快速，杖落如雨。
　　《唐語林》載：李龜年善打羯鼓，玄宗曾問他："卿打多少
　　杖？"回答說："臣打五千杖訖。"奏一曲打了五千杖，可

見極其繁密。又南卓《羯鼓錄》載：宋璟善羯鼓，曾對玄宗説："頭如青山峰，手如白雨點。山峰取不動，雨點取碎急。"這裏以羯鼓聲形容雨聲，是取急驟之意。

4　"喚起"二句：這場風雨是上天給醉中的李白灑臉的，要喚醒他，寫出瓊瑰般的好詩來。

謫仙：即李白。《舊唐書·李白傳》："玄宗度曲，欲造樂府新詞，亟召白，白已臥於酒肆矣。召入，以水灑面，即令秉筆，頃之成十餘章。"鮫室：《述異記》説：南海之中有鮫人（人魚）室，鮫人的眼淚變成珍珠。瓊瑰：美玉，此喻詩文美如珠玉。作者另一首《又送鄭戶曹》詩即説："遲君為座客，新詩出瓊瑰。"

八月十五日看潮五絕

熙寧六年（1073）中秋，在杭州看錢塘江潮作。這組詩既描寫來潮奇觀，又抒發身世之感，其中還因有牢騷語，被指為謗詩。第二首所寫錢塘潮來勢如萬人鼓譟，浪花高於越山，可使人冥想出這一壯偉景色。

定知玉兔十分圓，已作霜風九月寒。[1]
寄語重門休上鑰，夜潮留向月中看。[2]

注釋

1　"定知"二句：今夜的月亮定必十分圓，霜風颯颯，雖在中
　　秋，已帶有九月初寒的氣候。
　　玉兔：古代神話說月中有白兔搗藥，故稱月為玉兔。
2　"寄語"二句：為我傳語杭州城門不要鎖閉，錢塘夜潮要留
　　待月明中觀賞。
　　重門：《周易·繫辭》："重門擊柝。"這裏指杭州城門。

萬人鼓譟懾吳儂，猶是浮江老阿童。[1]
欲識潮頭高幾許，越山渾在浪花中。[2]

注釋

1　"萬人"二句：江潮奔騰澎湃，勢若萬人鼓譟，震駭吳人，這情景很像當年晉將王濬征吳的戰船浮江而來。

　　吳儂：吳人稱"我"為"儂"。阿童：晉將王濬，小名阿童。晉平蜀後，王濬為益州刺史，造樓船，練水軍，順流東下，滅了吳國。

2　"欲識"二句：想知道潮頭究竟有多高，請看越州的龜山，全陷在浪花拍擊之中。

　　越山：指越州的龜山。仁和縣東北六十五里的海門有赭山，與越州的龜山對峙，是錢塘江潮洶湧之處。

江邊身世兩悠悠，久與滄波共白頭。[1]
造物亦知人易老，故教江水向西流。[2]

注釋

1　"江邊"二句：站在江岸，感觸到自身與世情兩相違背，在悠悠歲月中，自己同滄海的波濤一樣，早就頭白了。

　　悠悠：渺邈無期。白頭：白居易詩："白頭浪裏白頭人。"白頭浪是指波濤翻起白色的浪花。

2　"造物"二句：上天也知道人生易老，故使錢塘江水向西倒流。

　　江水向西流：錢塘江水本是東流，因潮水自仁和縣東北的海門湧入，江水受到頂托，往往隨潮西流。

吳兒生長狎濤淵，冒利輕生不自憐。[1]

東海若知明主意，應教斥鹵變桑田。[2]

注釋

1　“吳兒”二句：吳人自小就諳習水性，出沒波濤，為求利而
　　冒生命危險，不自愛惜。

　　作者自注：“是時新新有旨禁弄潮。”

　　狎：狎暱、親暱。

2　“東海”二句：東海若果有靈，知道朝廷要大興水利，也應
　　當使滄海變為桑田了。

　　斥鹵：只能煮鹽而不能耕種的鹽碱地。這裏指海。

　　　按：這一首當時被指責為謗詩。《烏台詩案》載作者供
說：“熙寧六年任杭州通判，因八月十五日觀潮作詩五首，
寫在安濟亭上。前三首，並無譏諷，至第四首，言弄潮之人
貪官中利物，致其有溺而死者，故朝旨禁斷。軾謂主上好興
水利，不知利少而害多。言‘東海若知明主意，應教斥鹵變
桑田’，言此事之必不可成，譏諷朝廷水利之難成也。”可
作參考。

江神河伯兩醯雞，海若東來氣吐霓。[1]
安得夫差水犀手，三千強弩射潮低！[2]

注釋

1 **“江神”二句**：江神和河伯只等於兩隻微小的醯雞，海
若——北海之神東行而來，氣勢之大，可以吞吐虹霓。
這兩句是說江河之於大海，是十分渺小的，海濤湧入錢塘
江，就顯得勢極雄偉。

河伯：河神。**醯（xī 希）雞**：微蟲，又稱蠛蠓。《莊子·
田子方》：孔子見老子時說：“丘之於道也，其猶醯雞歟？”
孔子表示自己懂得不多，極為渺小。**海若**：海神。《莊子·
秋水》說：河伯初不知道海洋之大，及至去到北海，東面
而視，望不見海水的邊際，於是“望洋向若而嘆”。這裏以
江神、河伯與海若相較，是極寫錢塘潮的壯觀。

2 **“安得”二句**：怎得吳越王的甲士，用強弓硬弩把潮頭射
退！

作者自注：“吳越王嘗以弓弩射潮頭，與海神戰，自爾水不
近城。”

夫差：春秋時代的吳王。《國語·越語上》：“夫差衣水犀之
甲者億有三千。”這裏以吳王夫差指五代的吳越王錢鏐。
《吳越備史》說：錢鏐“因江濤沖激，命強弩五百以射潮
頭”。

陌上花三首 並引

遊九仙山，聞里中兒歌《陌上花》。父老云：吳越王妃，每歲春必歸臨安，王以書遺妃曰："陌上花開，可緩緩歸矣。"吳人用其語為歌，含思宛轉，聽之淒然，而其詞鄙野，為易之云。自注："吳越王妃以開寶九年三月，隨王入朝。"

熙寧六年（1073）在杭州作。吳越王妃，指吳越王錢俶的妻子，稱吳妃。每年新歲正月，吳妃都要到臨安鄉間的母家去住幾天。錢俶看到大地春回，西湖風景漸漸宜人，就寫信給吳妃說："陌上花開，可緩緩歸矣。"宋太平興國三年（978），錢俶納土歸宋，吳越亡。後來杭州民間流傳的歌謠《陌上花緩緩曲》，就是唱嘆錢俶和吳妃在西湖賞花行樂的舊事。民歌原詞已佚，蘇軾的引文說明：這詩是根據民歌改寫而成的。這一組詩以"江山猶是昔人非"的感慨貫串終始，宛轉動人，為後世所傳誦。

陌上花開蝴蝶飛，江山猶是昔人非。

遺民幾度垂垂老，遊女長歌緩緩歸。[1]

注釋

1 　"陌上"四句：陌上春花開放，蝴蝶翩翩起舞，吳越河山的
　　風景依舊，但人事已非。遺民都相繼老了，遊春的少女卻
　　還在歌唱著《陌上花緩緩曲》。
　　緩緩歸：從容地起程回來。

陌上山花無數開，路人爭看翠軿來。

若為留得堂堂去，且更從教緩緩回。[1]

注釋

1 　"陌上"四句：陌上的山花正盡情開放，吳越王妃乘坐的綠
　　幬幔香車來到西湖，引動了路人觀看。怎能留得住一去不
　　返的歲月，年年照樣任從她"緩緩"回來。
　　翠軿：垂著綠色幬幔的香車，古代貴族婦女所乘。若為：
　　怎能。堂堂：有公然不客氣的含義，這裏指歲月的消逝是
　　無情的。唐·薛能詩："青春背我堂堂去，白髮欺人故故
　　生。"且更：且又。從教：任教。

這一首第一、二兩句，寫當年吳越王妃從臨安回到杭

州賞花，路人夾道觀看的情景。第三、四句說歲月無情，青春難駐，吳越王和妃子遊春行樂已成過去。

> 生前富貴草頭露，身後風流陌上花。
> 已作遲遲君去魯，猶教緩緩妾還家！[1]

注釋

1 "生前"四句：生前的富貴，如同沾在草頭的朝露，沒能保持多久時間，死後，風流勝事就只剩下陌上的花枝，依舊年年開放。你已經歸宋，離開故國，還叫我"緩緩還家"——多麼令人悵惘的舊話！

草頭露：草上的露珠，朝陽出來後即被曬乾，不能長久。杜甫詩："惜君只欲苦死留，富貴何如草頭露。" **去魯**：《孟子·盡心下》："孔子之去魯，曰：'遲遲吾行也，去父母國之道也。'"這裏借喻錢俶去國降宋。

這一首的三、四兩句，是用吳越王妃的語氣說的，意謂吳越國亡後，吳妃想起過去的話語，當有今昔之感。

夜至永樂文長老院，文時臥病退院

熙寧六年（1073），蘇軾再經秀州到永樂鄉看望文長老時作。這詩比初見時所寫《秀州報本禪院鄉僧文長老方丈》一詩，又顯得感情加深了。詩中寫夜間趕到寺院探病，文長老不能答話的情景，用孤棲老鶴舉頭望客的神態襯托出來，寫鶴亦即寫文長老，手法如神。

夜聞巴叟臥荒村，來打三更月下門。[1]
往事過年如昨日，此身未死得重論。[2]
老非懷土情相得，病不開堂道益尊。[3]
惟有孤棲舊時鶴，舉頭見客似長言。[4]

注釋

1　**"夜聞"二句**：夜間聽説文長老臥病在荒村，三更時候趁著月色趕來探訪。這裏用賈島"鳥宿池邊樹，僧敲月下門"語意。

　　巴叟：巴蜀老人，指文長老。前詩稱"蜀叟"。

2　**"往事"二句**：初遇至今，隔了一年，只好像是昨天的事，幸得此身不死，又得與禪師重敍。

論：讀平聲。

3　**"老非"二句**：非關年老切於鄉土情懷，實因彼此感情契
合。禪師因病不能開堂說法，見友也不能答話，但道貌儼
然，更覺可敬。

　　懷土：思念故鄉。晉．陸機有《懷土賦》。**開堂**：佛教儀
式，寺院住持說法，稱為開堂。《傳燈錄》："長老未開堂，
不答話。"這裏"病不開堂"是說文長老病重，已不能答話。

4　**"惟有"二句**：只有馴養在僧院的孤棲老鶴，這時候舉頭看
著客人，似欲長談。

無錫道中賦水車

　　熙寧七年（1074），蘇軾從杭州到常州、潤州賑濟，途經無錫時作。水車在當時還是新式農具，稱為"龍骨"。在大旱中，詩人看見無錫農民用水車抗旱，不禁熱情地寫詩歌詠。前半首分別摹擬了水車轉動和靜止時的狀態，以及引水的效果。用鴉群銜尾翻飛比擬車葉連接不斷的迴轉，很見巧思。後半首極寫旱情的嚴重，旱象還在發展，看來必須下雨才能緩解，結句即表示了期待下雨的迫切心情。

　　翻翻聯聯銜尾鴉，犖犖确确蛻骨蛇。[1]
　　分疇翠浪走雲陣，刺水綠鍼抽稻芽。[2]
　　洞庭五月欲飛沙，鼉鳴窟中如打衙。[3]
　　天公不見老翁泣？喚取阿香推雷車。[4]

注釋

1　**"翻翻"二句**：水車轉動，車葉迴旋不絕，看似鴉群銜尾而飛，停下來活像一條瘦硬的蛻剩骨骼的長蛇。

　　翻翻：飛動的形態。**犖犖**：嶙峋堅硬。

2 "分睛"二句：各處田疇翠浪滔滔，如在天上行雲佈陣，水裏的秧苗抽出了稻芽。

　　疇：田界。**綠鍼**：指秧苗。

3 "洞庭"二句：洞庭山在這五月天乾旱得滿地風沙，通常有旱情才聽見的鼉鳴，這時聲如擊鼓。

　　洞庭：指太湖的洞庭山。**鼉**（tuó 駝）：脊椎類爬蟲，又稱鼉龍，或豬婆龍。傳說天旱時鼉即在窟中鳴叫。江淮一帶稱鼉的鳴聲為"鼉更"、"鼉鼓"。**打衙**：衙門擊鼓。

4 "天公"二句：天公難道沒聽到老農的哭泣？還是下一場雨吧。

　　老翁：這裏指老農。**阿香**：傳說中推雷車行雨的鬼神。干寶《搜神記》載：晉時義興人周晉因事出京，日暮寄宿在一個女子的草屋內。夜間聽見門外有小孩叫喚："阿香！官叫你推雷車去。"名叫阿香的女子出了草屋不久，雷雨大作。天明，周晉看見自己睡在一座新墳上。作者引用這故事，意說雖有水車抗旱，但旱情依然嚴重，因水車終不比行雨的雷車。末句是期待意，盼望下一場雨，解決旱情。

過永樂文長老已卒

熙寧七年（1074）作。蘇軾於熙寧五年（1072）冬過秀州，初訪文長老，寫《秀州報本禪院鄉僧文長老方丈》詩；熙寧六年（1073）再過秀州，寫《夜至永樂文長老院，文時臥病退院》詩；這次三過秀州，寫詩傷逝。作者有不少方外交遊，但對文長老特見敬重。這詩句法清健，情意深長，頷聯是天然巧對。末後所用圓澤的典故，極為貼切。

> 初驚鶴瘦不可識，旋覺雲歸無處尋。[1]
> 三過門間老病死，一彈指頃去來今。[2]
> 存亡慣見渾無淚，鄉井難忘尚有心。[3]
> 欲向錢塘訪圓澤，葛洪川畔待秋深。[4]

注釋

1 "初驚" 二句：當初驚見消瘦如鶴，認不出來，不久便如雲歸逝，沒有蹤跡。

　雲歸：說文長老去世。

2 "三過" 二句：三次過訪寺門，初訪已老，再訪已病，三訪已死，只不過彈指之間，即成了過去、現在、將來。

　　老病死：佛家語，稱生、老、病、死、愛別為五苦。**彈指**：彈一下指頭，極言時間短促。古時以二十瞬為一彈指。

3　　**“存亡”二句**：生死的事情已看慣了，也就無淚可流，但同鄉的情誼難忘，這片深心，死生不渝。

4　　**“欲向”二句**：我將訪求你的來生，就像李源到錢塘尋訪圓澤和尚一樣，待到葛洪川畔秋深的時候，定應約前來相見。

　　圓澤：唐洛陽惠林寺僧人，與李源為友三十年。兩人同遊蜀州，抵青城、峨眉。圓澤將死，預先告知李源，他將託生為王氏子，相約後十三年中秋月夜，在杭州天竺寺外相見。圓澤死後十三年，李源到餘杭赴約，聞葛洪川畔有牧童乘牛叱角，歌唱《竹枝詞》道：“三生石上舊精魂，賞月吟風不要論。慚愧情人遠相訪，此身雖異性長存。”又道：“身前身後事茫茫，欲話因緣恐斷腸。吳越山川尋已遍，卻回煙棹上瞿塘。”李源認得是圓澤，問道：“澤公健否？”牧童回答說：“李公真信士！然俗緣未盡，慎勿相近。”照舊唱竹枝而去。這故事見唐·袁郊《甘澤謠》，圓澤，作圓觀。蘇軾也寫過《僧圓澤傳》。這裏援引圓澤的“異跡”，意說希望與方長老三生重遇。圓澤生前曾遊巴蜀，三生後所唱歌詞，又有“煙棹瞿塘”之句，用以比喻文長老，極合身份。

祭常山回小獵

　　熙寧八年（1075），蘇軾在密州任上，到常山舉行冬祭。回程時，與同僚圍獵，作這詩，題在密州的官廳上。早在這一年的七月，宋朝受遼主脅迫"割地以畀遼"，"凡東西失地七百里"。以此為背景，蘇軾這詩滿懷激情，很有以書生典兵，為國馳驅的願望。詩中的頷聯寫圍獵場景，馬驟鷹飛，頸聯寫獵歸時白雲紅葉，餘興尚濃，是清雄之作。

　　青蓋前頭點皂旗，黃茅岡下出長圍。[1]
　　弄風驕馬跑空立，趁兔蒼鷹掠地飛。[2]
　　回望白雲生翠巘，歸來紅葉滿征衣。[3]
　　聖明若用西涼簿，白羽猶能效一揮。[4]

注釋

1　**"青蓋"二句**：站在青色的車蓋前面，點齊隊伍，沿著黃茅岡佈成長圍。
　　皂旗：黑旗，出獵隊伍的旗號。**圍**：圍獵。

2　**"弄風"二句**：健馬迎風騰躍，掀蹄而立，獵鷹追逐兔子，掠地低飛。

3　　**"回望"二句**：收獵時，回頭遙望，但見白雲滿山，歸路上
楓林紅葉飄滿征衣。

　　巘（yǎn 演）：山峰。

4　　**"聖明"二句**：英明的皇帝如果用我掌兵，自信能夠像古代
的軍事家一樣，手揮白羽扇，從容破敵。

　　西涼簿：作者以晉時西涼州主簿謝艾自比。《晉書·張重華
傳》："重華據西涼，以主簿謝艾為將軍，進軍臨河，攻麻
頭。艾冠白帢，踞胡床指麾，大敗之。"《烏台詩案》記蘇
軾在御史台的供詞，說這兩句"意取西涼州主簿謝艾事。
艾，本書生也，善能用兵，故以此自比，若用軾為將，亦
不減謝艾也"。

　　白羽：即白羽扇。三國時諸葛亮，晉時顧榮，都持白羽扇
指麾作戰。

和文與可洋川園池三十首（選四首）

　　熙寧九年（1076）作於密州。文與可，即文同，號笑笑先生，梓州永泰（今四川鹽亭東北）人，北宋畫家，尤善畫竹。歷官邛州、洋州等知州。熙寧八年秋至十年秋（1075—1077），他在洋州（今陝西洋縣）任上，修治園池，遍作題詠。蘇軾和詩三十首，俱清新之作。這裏《湖橋》數詩，既寫園景，更著重烘托人物，文與可的儀態、情操、生活，均見於紙上。

湖橋

朱欄畫柱照湖明，白葛烏紗曳履行。[1]
橋下龜魚晚無數，識君拄杖過橋聲。[2]

注釋

1　　"朱欄"二句：紅色的欄杆，彩繪的廊柱，映入明淨的湖水中，你披白葛衣，戴烏紗帽，拖著鞋子在走路。

白葛烏紗：指文與可園居的便裝。**曳履**：曳著鞋走。形容
文與可瀟灑安閒之儀態。

2 **"橋下"二句**：近晚時橋下無數的龜、魚在迴游，我也聽熟
了你過橋時的杖聲。

霜筠亭

解籜新篁不自持，嬋娟已有歲寒姿。[1]
要看凜凜霜前意，須持秋風粉落時。[2]

注釋

1 **"解籜"二句**：脫落了竹籜的新篁還不大勁健，但體態美
好，已有耐寒的素質。

籜（tuò 拓）：竹皮、筍殼。謝靈運詩："初篁苞綠籜。"篁：
竹名。《竹譜》說篁竹促節，體圓質堅，皮白如霜粉。嬋
娟：形容美好。歲寒：一年的寒冬，常比喻老境、困境。

2 **"要看"二句**：要看它在嚴霜面前的凜然意態，須等到起了
秋風，竹粉落掉，漸成老竹的時候。

粉：竹膚的粉。

篔簹谷

漢川修竹賤如蓬，斤斧何曾赦籜龍。[1]
料得清貧饞太守，渭濱千畝在胸中。[2]

注釋

1 "漢川"二句：漢水上的竹子多得賤如蓬草，斧頭砍伐之
下，哪曾"赦免"過"籜龍"——竹筍。
漢川：指漢水，洋州為漢水所經。**籜龍**：指竹筍，盧仝《寄
男抱孫》詩："竹林吾最惜，新筍好看守。萬籜苞龍兒，攢
迸溢林藪。籜龍正稱冤，莫殺入汝口。丁寧囑託汝，汝活
籜龍不？"

2 "料得"二句：料想貧寒而飢饞的太守，渭水之濱上千畝的
竹子都給你吃進胸腹中。
太守：文與可這時任洋州太守。**渭濱**：渭河橫貫陝西，洋
州在渭河以南地區。

　　按：文與可畫竹必先"胸有成竹"。這詩說文與可砍
食竹筍，無異於胸有千畝竹子，是戲笑之詞。作者的《篔簹
偃竹記》尾云："篔簹谷，在洋川。與可嘗令作《洋州園池》
三十詠，篔簹谷其一也。予詩曰：'料得清貧饞太守，渭濱
千畝在胸中。'是日，與可與妻遊谷中，燒筍晚食，發函得
詩，失笑，噴飯滿案。"

此君菴

寄語菴前抱節君：與君到處合相親。[1]

寫真雖是文夫子，我亦真堂作記人。[2]

注釋

1　**"寄語"二句**：為我告訴菴前的竹子——抱節君：無論在哪
　　裏同你都相親相近。

　　抱節君：作者為竹子所作擬人稱號。因竹子有節，抱節喻
　　抱持節操。

2　**"寫真"二句**：為你（竹子）作肖像的雖是文與可夫子，畢
　　竟我也是《墨君堂記》的作者啊。

　　寫真：繪寫人像要求形神肖似，故名寫真。這裏以竹子擬
　　人，意指畫竹。**真堂**：文與可善畫墨竹，所建堂稱為墨君
　　堂。作者曾為他作《墨君堂記》。真堂謂寫真的墨君堂。

寄題刁景純藏春塢

蘇軾詩長於從景物中見人物，他以"荷盡已無擎雨蓋，菊殘猶有傲霜枝"贈烈士後人劉景文，以"不然配食水仙王，一盞寒泉薦秋菊"題神清骨冷的林逋，以"要看凜凜霜前意，須待秋風粉落時"贈畫竹高士文與可，這時寫刁景純的藏春塢，"楊柳長齊低戶暗，櫻桃爛熟滴階紅"，更見刁景純年高有德的身份。詩的起句已屬不凡，頸、頷兩聯極為精警，末後龐德公的比擬，尤深仰慕。詩作於熙寧九年（1076）。

刁景純：名約，丹徒人。在仁宗、英宗兩朝歷官館閣，曾與歐陽修同修禮書。晚年退休，築藏春塢以自娛。

自首歸來種萬松，待看千尺舞霜風。[1]
年拋造物陶甄外，春在先生杖屨中。[2]
楊柳長齊低戶暗，櫻桃爛熟滴階紅。[3]
何時卻與徐元直，共訪襄陽龐德公。[4]

注釋

1 **"白首"二句**：年老告歸，種植上萬棵松樹，將可看到勁松
千尺，凌霜舞動。

萬松：刁景純藏春塢前面有山崗，盡種松樹，稱萬松岡。
蘇軾另有詩云："為翁栽插萬松岡。"（《景純見和，復次韻
贈之》）

2 **"年拋"二句**：晚年歲月寄託在教化萬民之外，春天在先生
的身邊。

陶甄：製作陶器的轉輪稱為甄，亦稱陶鈞。陶甄可作推行
教化，培養人才解釋。《漢書》："聖王制世御俗，獨化於陶
鈞之上。"《晉書·樂志》："陶甄萬方。"這裏說"陶甄外"，
意指刁景純已退休不管事。**杖屨**（jù 聚）：屨，鞋子，漢以
後稱履。古禮五十歲老人得扶杖，又古人入室，鞋必脫於
室外。為尊敬長輩，長者可入室而後脫鞋。後遂用"杖屨"
為敬老之詞。

3 **"楊柳"二句**：又長又密的楊柳條低垂，遮暗了庭戶，熟透
了的櫻桃滴下的汁液染紅了台階。

4 **"何時"二句**：什麼時候讓我約會了好友，同來拜訪你這位
年高有德的長者呢？

徐元直：名庶，三國時潁川人，隱居襄陽。這裏因使用龐
德公的典故而帶出徐庶，均是比擬之詞。**龐德公**：三國時
名士，襄陽人，隱居峴山，不入城市。諸葛亮、司馬徽、
徐庶等常從龐德公遊。在襄陽一群名士中，龐德公年高有
德，最受尊重。這裏作者以龐德公比擬刁景純，表示傾慕。

中秋月 《陽關詞三首》之一

　　寫於熙寧十年（1077）中秋。這年蘇軾奉命知徐州，四月到任。弟蘇轍陪他同到徐州，並留了一百多日，中秋後才離去。七年來，他們第一次共度中秋，無疑是難得的良夜，但又離別在即，反而充滿了別情。作者選用《陽關詞》的曲調來寫此詩，就可見實際是一首惜別詩了。後兩句帶有普遍性的人生離合之情，所以為人傳誦。

　　暮雲收盡溢清寒，銀漢無聲轉玉盤。[1]
　　此生此夜不長好，明月明年何處看？[2]

注釋

1　**"暮雲"二句**：入暮後雲氣消散，夜寒如水，銀河寂靜，升起一輪皓月。
　　銀漢：即銀河，是由大量恆星構成的星系。晴夜高空，呈銀白色帶狀。**玉盤**：月亮。李白《古朗月行》詩："小時不識月，呼作白玉盤。"
2　**"此生"二句**：這一生這一夜，好景不能長駐，明年的中秋，你和我又在哪裏望月呢？

按：《陽關詞》是古代送別的曲子，原不論聲調，只論三疊，即末尾一句重疊歌唱三次，稱《陽關三疊》。唐時以王維的《渭城曲》定此詞平仄，譜入樂府（主管音樂的官署）。詞云："渭城朝雨浥輕塵，客舍青青柳色新。勸君更盡一杯酒，西出陽關無故人。"蘇軾這首《陽關詞‧中秋月》完全按照《渭城曲》的平仄寫成。紹聖元年（1094），蘇軾貶居惠州，曾重錄這詩，後面附記說："余十八年前中秋夜，與子由觀月彭城（徐州）時作此詩，以《陽關》歌之。"

河復 並敘

　　熙寧十年秋，河決澶淵。注鉅野，入淮泗，自澶魏以北，皆絕流而濟。楚大被其害，彭門城下水二丈八尺，七十餘日不退。吏民疲於守禦。十月十三日，澶州大風終日。既止，而河流一枝，已復故道，聞之喜甚，庶幾可塞乎。乃作《河復》詩，歌之道路，以致民願而迎神休，蓋守土者之志也。

　　蘇軾於熙寧十年（1077）知徐州，到任約三個月即遭遇大水。七月十七日黃河在澶州（今河南清豐縣）曹村決堤，洪水泛濫。八月二十一日，水淹到徐州城下，蘇軾組織人力抗洪。十月中旬，黃河回歸故道，洪水逐漸退卻。詩為此而寫。前半首追想漢武帝時瓠子兩次決堤成災，和漢武帝親臨瓠子督飭臣工堵塞決河的史事。後半首敘述河決澶淵，喜得回復故道，和災後群眾恢復農作的情景。這詩縱橫馳騁，氣勢雄渾。至於以河復歸功於神力、帝德，是作者思想上的局限。

　　澶淵：唐武德四年（621）在漢頓丘縣地置澶淵郡，後避高祖諱，改澶州。黃河流經縣南三十五里。鉅野：澤名，在山東鉅野縣北。澶魏：河南澶州和河北大名之地。濟、楚：山東濟州、楚丘（曹縣）之地。彭門：指彭城，亦即徐州。

君不見西漢元光元封間，河決瓠子二十年。[1]鉅野東傾淮泗滿，楚人恣食黃河鱣。[2]萬里沙回封禪罷，初遣越巫沉白馬。[3]河公未許人力窮，薪芻萬計隨流下。[4]吾君盛德如唐堯，百神受職河神驕，帝遣風師下約束，北流夜起澶州橋。[5]東風吹凍收微涤，神功不用淇園竹。[6]楚人種麥滿河淤，仰看浮槎棲古木。[7]

注釋

1　"君不見"二句：漢武帝元光、元封年間，黃河先後兩次決堤於瓠子，為災延續二十年。

　　瓠子：地名，在今河南濮陽縣南。

2　"鉅野"二句：黃河之水漫過鉅野大澤，向東泛濫，淮河和泗水為之滿溢。楚人竟然能夠恣意吃到黃河的鱣魚。

　　鉅野東傾：漢武帝時，瓠子決堤，黃河水注鉅野，入淮泗。武帝作《瓠子歌》，有云："吾山平兮鉅野溢。"又云："齧桑浮兮淮泗滿。"後來塞了瓠子口，築宣防宮在堤上。

3　**"萬里"二句**：當年漢武帝東巡封禪，自萬里沙回來，親臨
　　瓠子口決堤處，令越巫沉白馬於黃河，祭祀河神。

　　萬里沙：地名，在山東萊州境內，沙長三百餘里。萊州掖
　　縣築有萬里沙神祠。**封禪**：古代帝王祭天地的典禮。在
　　泰山上築土為壇祭天，報天之功，稱封；在泰山下闢場祭
　　地，報地之功，稱禪。漢武帝於元封元年（前 110）東行
　　封禪，次年回至瓠子，沉白馬、玉璧祭河，並堵塞決口。

4　**"河公"二句**：河神不收斂，洪水仍泛濫，於是窮盡人力，
　　用大量柴薪投入水裏堵塞。

　　河公：河神。**未許**：這裏意謂祭以白馬、玉璧，河神未
　　服，水仍泛濫。**薪芻萬計**：柴薪很多。漢武帝當時命從臣
　　將軍以下皆負薪塞河堤。柴薪不足，又斫取淇園的竹樹投
　　水作閘。

　　以上八句敘寫漢武帝時用了很大的力量，才堵住瓠子決堤。

5　**"吾君"四句**：我君的大德若唐堯，百神也都謹守職責，獨
　　是河神驕縱不馴，於是天帝派遣風神下來加以約束，現在
　　河水北流，回到故道，澶州要趕修橋樑了。

　　風師：風神，或稱風伯。《呂氏春秋》説風師名飛廉。

6　**"東風"二句**：東風解凍，水已退盡，這是天神之功，何須
　　用淇園的竹子堵河。

　　淥（lù 漉）：綠水。收微淥，指水已全收。**淇園竹**：淇水地
　　多產竹。參閲注四。

7　**"楚人"二句**：楚人在水退後的泥淤地方遍種麥子，舉頭望
　　見船兒還擱在老樹的枝椏上。

　　浮槎：獨木船。柳宗元詩："渡頭水落村徑成，撩亂浮槎在
　　高樹。"這裏意同。

按：熙寧十年（1077）河決澶淵，水患延及四十五縣，壞田三十萬頃。蘇軾組織軍民抗洪救災，保全了徐州城。當大水到達城下時，水高於城中平地有達一丈零九寸的，城牆有倒塌危險。城中富民紛紛出城避水，給蘇軾擋回，不使動搖人心。他表示，只要他在，決不讓洪水壞城。他涉泥到軍營動員軍隊防洪，說：“河將害城，事急矣，雖禁軍宜為我盡力！”領導軍民加高加固城牆，又築起了九百八十四丈長、十丈高、兩丈寬的防洪工程，擋住了洪水的沖激。後來他採納了和尚應言的建議，開鑿清泠口，把洪水引入黃河故道。徐州被水圍困了四十五天，終於解除威脅。

韓幹馬十四匹

　　題畫詩，熙寧十年（1077）在徐州作。韓幹的原畫已佚。南宋詩人樓鑰《攻媿集‧題趙尊道〈渥洼圖〉》詩序說，趙尊道給他看了一幅《龍眠渥洼圖》，他鑑認出這是李公麟（龍眠居士，與蘇軾同時）的臨摹本，原作為韓幹畫馬圖，蘇軾曾有過題畫詩，於是將蘇軾的詩寫在畫後，並次韻一首。他說：“馬實十六，坡詩云十四匹，豈誤耶？”現在分析蘇軾的詩，也可以看出寫了十六匹馬，詩題所說十四匹，可能是誤書。蘇軾很讚賞韓幹馬，在《書韓幹〈牧馬圖〉》詩中曾指出畫法自然，這詩又稱讚“韓生畫馬真是馬”，真馬就是不僅形似，而且神似。蘇軾本身是個畫家，他認為“詩畫本一律”，應當做到“詩中有畫”，“畫中有詩”。他對這首題畫詩，自許為“蘇子作詩如見畫”，這一點確實是做到了。讀這首詩，就像見到由十六匹馬組成的畫面，馬匹和人物的神態躍然紙上。

　　韓幹：見《書韓幹〈牧馬圖〉》詩注。

二馬並驅攢八蹄，二馬宛頸鬃尾齊，

一馬任前雙舉後，一馬卻避長鳴嘶。[1]

老髯奚官騎且顧，前身作馬通馬語。[2]

後有八匹飲且行，微流赴吻若有聲，

前者既濟出林鶴，後者欲涉鶴俯啄。[3]

最後一匹馬中龍，不嘶不動尾搖風。[4]

韓生畫馬真是馬，蘇子作詩如見畫。

世無伯樂亦無韓，此詩此畫誰當看？[5]

注釋

1 "二馬"四句：兩匹馬在前並馳，八蹄攢聚；兩匹馬彎頸並
   行，首尾皆齊；一匹馬縱身衝前，雙腿後舉；一匹馬轉側
   相避，引頸長嘶。

   攢（cuán 欑）：聚。馬馳迅速，蹄似聚集，稱為攢蹄。**宛**：
   曲。宛頸形容馬頸略作弓彎之狀。**鬃尾**：鬃毛和尾毛。馬
   頸上的毛為鬃，與鬣同。**任前雙舉後**：馬的一雙後腳舉
   起，全身的重點放在前腳。

   這四句共寫了六匹馬。

2 "老髯"二句：髯毛滿頰的老養馬官騎著馬，照應前後，看
   樣子非常懂得馬的性格。

   奚官：執役養馬的官，晉時有奚官督。**前身作馬**：出自傳
   說。古時有劉三復自稱前身作馬，知道馬渴則望驛而嘶，
   傷蹄則痛入心肺。王充《論衡》也載有楊翁偉能夠懂得馬

的言語的故事。這裏是指畫中的奚官的神態似很懂得馬的性格。

這兩句寫了一匹馬，在奚官的胯下。

3　**"後有"** 四句：跟在奚官後面，有八匹馬在渡水，且飲且行，水流到馬的嘴邊，幾乎聽到飲水聲。前面過了河的馬，昂頭登岸，姿態似鶴鳥出林，後面將要涉水的馬，則似鶴鳥低頭啄食。

既濟：渡過了河。

這四句共寫了八匹馬。

4　**"最後"** 二句：最後還有一匹，軀幹雄駿，可説是馬中之龍，牠神閒意定，不鳴不動，只見馬尾搖風。

馬中龍：《周禮·夏官》："馬八尺以上為龍。"杜甫詩："須臾九重真龍出，一洗萬古凡馬空。"

這兩句專寫最後一匹不同凡俗的駿馬。前後共為十六匹。

5　**"韓生"** 四句：韓幹畫馬畫出了活生生的馬，我寫的詩使人如同看到韓幹的畫。世上如果沒有善於鑑馬的伯樂，也沒有善於畫馬的韓幹，那麼這詩這畫又留給誰看呢？

伯樂：姓孫，名陽，戰國時善於相馬的人。**誰當**：怎能得到。

這詩用多變的筆法敘寫十六匹馬，有分有合，既不平板，又次序井然。當中穿插上一個 "老髯奚官"，就是避免了平鋪直敘，而顯得跌宕生姿。奚官的前面有六匹馬，後頭有九匹馬，寫奚官 "騎且顧"，便將這兩群聯成整群，筆法極見高明。十六匹馬的神態生動，或馳，或縱，或行，或立，或嘶，或飲，見其形，如聞其聲，再現了韓幹的畫幅。

奚官騎著的一匹馬，很容易被人忽略。清時詮注蘇詩的名家王文誥就忽略了這一匹。同時他對"最後一匹馬中龍"句有不同解釋，認為"此一匹即八匹之一"，所以他少算了兩匹，仍作十四匹。由此，他判斷樓鑰所見的李公麟畫不是摹自蘇軾所題韓幹原畫。他的看法對詩句還有粗忽之處。因為詩中已寫明那八匹"飲且行"，是行進中的馬，而"最後一匹"則"不鳴不動"，是站著的馬，就不可能是八匹之一。所以，奚官的後邊實有九匹馬才對。

樓鑰《題趙尊道〈渥洼圖〉》次韻詩云："良馬六十有四蹄，騰驤進止紛不齊。權奇倜儻多不羈，亦有顧影成驕嘶。或行或涉更相顧，交頸相靡若相語。畫出老杜《沙苑行》，將軍弟子早有聲。中閒名種雞群鶴，無復瘦瘠烏燕啄。當時玉花可媒龍，後日去盡鳥呼風。開元四十萬匹馬，俯仰興亡空看畫。龍眠妙手欲希韓，莫遣鐵面關西看。"

答呂梁仲屯田

熙寧十年（1077）徐州城外大水退後，答贈屯田員外郎仲伯達之作。洪水期間，仲伯達留在呂梁，災後脫險，他入城同蘇軾相會，恍在夢中。詩中寫歡忻和慶幸的情景，生動而真實。在飲酒慶賀之餘，作者要為來年的防洪付出更大的辛勞，使農民免於狼顧，秋穀多如雲屯，那時又再置酒高會。結尾愈顯得作者情緒高昂。

亂山合沓圍彭門，官居獨在懸水村。
居民蕭條雜麋鹿，小市冷落無雞豚。[1]
黃河西來初不覺，但訝清泗奔流渾。
夜聞沙岸鳴甕盎，曉看雪浪浮鵬鯤。[2]
呂梁自古喉吻地，萬頃一抹何由吞？[3]
坐觀入市卷閭井，吏民走盡餘王尊。[4]
計窮路斷欲安適？吟詩破屋愁鳶蹲。[5]
歲寒霜重水歸壑，但見屋瓦留沙痕。[6]
入城相對如夢寐，我亦僅免為魚黿。
旋呼歌舞雜詼笑，不惜飲釂空瓶盆。[7]

念君官舍冰雪冷，新詩美酒聊相溫。

人生如寄何不樂，任使絳蠟燒黃昏。[8]

宣房未築淮泗滿，故道堙滅瘡痍存。[9]

明年勞苦應更甚，我當畚鍤先黥髡。[10]

付君萬指伐頑石，千鎚雷動蒼山根。

高城如鐵洪口快，談笑卻掃看崩奔。[11]

農夫掉臂免狼顧，秋稻布野如雲屯。[12]

還須更置軟腳酒，為君擊鼓行金樽。[13]

注釋

1　"亂山"四句：亂山重疊，圍繞著彭城，你的官署獨設在
　　呂梁懸水村。村民僻居寂寞，幾同麋鹿雜處，冷落的小市
　　集，看不到豬雞。

　　合沓：重疊。彭門：指彭城，即徐州。懸水村：作者自
　　注："懸水村，呂梁地名。"《莊子·達生》有"孔子觀於
　　呂梁，懸水三十仞"之語，因而得名。地在徐州市東南。

2　"黃河"四句：黃河的洪水從西而來，初不覺有異，只稍訝
　　清澈的泗水變成濁流。夜間聽得沙岸如瓦甕、瓦盎齊鳴，
　　天亮看見浪濤滔天，勢挾鯤鵬。

　　清泗：指泗水，源出山東。徐州是泗水流經的地方。

3　"呂梁"二句：呂梁自古是黃河必經之地，萬頃平疇大野怎
　　樣給河水吞掉的呢？

　　喉吻：《水經》："呂梁乃自古黃河喉襟唇吻之地。"意說河

水所必經。**一抹**：形容地勢平曠。

4 **"坐觀"二句**：眼看洪水泛濫村市，席捲里巷，吏民走避一空，只有你還留著，可説是漢時的王尊了。

坐觀：這裏是説眼看著而無法阻止。**王尊**：漢時人。任東郡太守時，黃河泛濫，威脅瓠子堤，吏民奔走，王尊止宿在堤上，堅不走避。作者因仲伯達守在呂梁懸水村，故以王尊相比。

5 **"計窮"二句**：沒有辦法，路又斷絕，想去哪裏呢？只好困在破屋裏吟詩解愁。

鳶蹲：《後漢書·馬援傳》："虜未滅之時，下潦上霧，毒氣重蒸，仰視飛鳶跕跕墮水中。"這裏以鳶蹲形容被水所困。

6 **"歲寒"二句**：到天寒霜重的十月才得水退，但見屋瓦遍是淹浸時留下的沙痕。

水歸壑：《禮記·郊特牲》："水歸其壑。"

以上從第五句至第十二句，當是據仲伯達所述，敘寫大水浸入呂梁，和仲伯達被困於水的情景。

7 **"入城"四句**：今天你入城相會，好像做夢，我也是倖免做了魚鱉。趕快呼喚樂伎歌舞，雜以談笑，盡情放飲，把酒菜吃光。

飲釂：盡飲。

8 **"念君"四句**：你那冷衙門，像冰雪一樣，這裏寫新詩，煮美酒，給你熱鬧一番。人生不過暫時寄託在世上，為什麼不放懷行樂，索性點燃紅燭，暢敘至夜吧。

絳蠟：紅燭。

9 **"宣房"二句**：河防工程沒有築就，以致淮河、泗水都漲溢了，黃河故道被浮沙壅塞而堙沒，滿眼是災後凋殘景象。

宣房：或稱宣防。《漢書》載：武帝在黃河瓠子堤上築宮防守，名宣防。這裏泛指河防工程。

10　**「明年」二句**：明年防洪工作會更為艱苦，我應當挑筐持鍤，當先勞役。

　　畚（běn本）**鍤**（chā插）：竹筐和鐵鍫。這裏畚鍤作動詞用，指挑泥剷土。**黥髡**（kūn坤）：面上刺字為黥，剃去頭髮為髡，都是古代的刑罰。受黥髡刑罰的罪人要服勞役。

11　**「付君」四句**：撥給你大量的人力，開山取石，千鎚齊舉，聲震山谷，使城牆加固如鐵，排洪口流洩快速，那才可在談笑中看著洪水奔騰而不受其害。

　　萬指：千人為萬指。

12　**「農夫」二句**：農民無後顧之憂，神態奮發，秋穀滿佈田野，看似黃雲屯聚。

　　掉臂：揮手而去。這裏形容農民不再憂心忡忡的自得神態。

　　狼顧：狼走路時不斷回頭，防受襲擊。《漢書·食貨志上》：「失時不雨，民且狼顧。」

13　**「還須」二句**：那時還要設酒為你慶賀，擊鼓行令，傳杯暢飲。

　　軟腳酒：設酒慰勞遠行到來的人，意即洗塵、接風。

續麗人行並引

李仲謀家有周昉畫背面欠伸內人，極精，戲作此詩。

元豐元年（1078）五月作於徐州。《麗人行》是杜甫詩，寫唐時貴族婦女在長安水邊遊樂情景，用以諷刺楊貴妃姊妹的驕奢佚樂；周昉的畫所繪的是一個背向著人的打呵欠的內人——唐代教坊伎女，兩者本不相干。蘇軾從杜甫詩中的“背後何所見，珠壓腰衱穩稱身”句找到聯繫，因而假定背面欠伸內人即杜甫所見的遊春貴族婦女，戲而寫詩，並以《續麗人行》為題。這詩雖襲舊題，但翻出新意，寫出了一個精神空虛的傷春美人形象。由於所畫是背面的，又舉出一個賢德婦女——孟光作為正面人物和她相對照，末兩句是作者點睛的筆法。

周昉：唐畫家。字景玄，又字仲朗，陝西人。長於畫貴族婦女優遊閒逸生活。

深宮無人春日長，沉香亭北百花香，美人睡起薄梳洗，燕舞鶯啼空斷腸。[1]畫工欲畫無窮意，背立東風初破睡。若教回首卻嫣然，陽城、下蔡俱風靡。[2]杜陵飢客眼長寒，塞驢破帽隨金鞍。[3]隔花臨水時一見，只許腰肢背後看。[4]心醉歸來茅屋底，方信人間有西子。[5]君不見孟光舉案與眉齊，何曾背面傷春啼！[6]

注釋

1　**"深宮"四句**：深宮沒有別的人，晝日似覺漫長，沉香亭北，繁花飄香。美人晝寢起來，還未妝飾，仍有倦意，燕舞鶯啼，都會平白地引起她的春愁。

　　沉香亭：唐玄宗用沉香木建亭於宮外興慶池東，曾與楊貴妃在此賞牡丹。

2　**"畫工"四句**：畫工別出心裁，想創作一個含思無窮的人物形象，她，剛好睡醒在東風之中背向著我們，如果叫她轉過頭來，嫣然一笑，多少貴族公子都要為之傾倒。

　　嫣然：笑貌。**陽城、下蔡**：古時楚國兩邑名，是貴族公子封地。宋玉《登徒子好色賦》："東家之子，嫣然一笑，惑陽城，迷下蔡。"**風靡**：傾倒。

　　以上八句，從沉香亭點明身份；寫她睡後仍帶餘倦的情態，鶯燕會無端惹她懊惱，一個感情空虛的女人，呼之欲出。

3 **"杜陵"二句**：窮詩人杜甫永遠帶著一雙冷眼，騎瘦驢，戴破帽，尾隨在郊遊的貴家鞍馬後面。

杜陵飢客：指杜甫。長安城東有杜陵、少陵，均為漢代陵園。杜甫在京時，住在少陵西面。他又曾自説"衣不蓋體，常寄食於人，奔走不暇，竊恐轉死溝壑，可謂飢客矣。"

蹇驢：跛驢。杜甫詩："騎驢三十載，旅食京華春。"

4 **"隔花"二句**：在曲江的水邊，隔著花樹，有時望見一眼，也只從背後看到她的腰肢。這裏暗射杜甫《麗人行》詩："三月三日天氣新，長安水邊多麗人"、"背後何所見，珠壓腰衱穩稱身。"

5 **"心醉"二句**：心神如醉地回到居住的茅屋，這才相信人間真有西施那樣的曠代美人。

茅屋：杜甫有《茅屋為秋風所破歌》。

6 **"君不見"二句**：你難道不知道，孟光舉案齊眉，夫妻互相敬重，哪曾背轉面去為傷春而啼哭。

孟光：漢時梁鴻的妻子，是賢德的女人。她給梁鴻送茶時，舉案齊眉，表示相敬。案是長方形的茶盤。

送鄭戶曹

　　元豐元年（1078）作。鄭戶曹，名僅，字彥能，彭城人。鄭登進士，任為大名府司戶參軍，蘇軾寫詩送別。這詩以徐州和與徐州有關的歷史人物，表達一個命意：“固一世之雄也，而今安在哉！”説到自己在此建了黃樓，也不可能與黃樓的風月為伍，鄭戶曹將來也會感嘆“使君安在”的。作者寫人事無常而出以雄健之筆，所以見其豪邁。

> 水繞彭城樓，山圍戲馬台，
> 古來豪傑地，千載有餘哀。[1]
> 隆準飛上天，重瞳亦成灰，
> 白門下呂布，大星隕臨淮，
> 尚想劉德輿，置酒此徘徊。[2]
> 邇來苦寂寞，廢圃多蒼苔。[3]
> 河從百步響，山到九里回。
> 山水自相激，夜聲轉風雷。[4]
> 蕩蕩清河堧，黃樓我所開。[5]
> 秋月墮城角，春風搖酒杯，

遲君為座客，新詩出瓊瑰。[6]

樓成君已去，人事固多乖。[7]

他年君倦游，白首賦歸來，

登樓一長嘯，使君安在哉！[8]

注釋

1. "水繞"四句：彭城山圍水繞，彭祖樓、戲馬台等古跡很
   多，這是豪傑輩出之地、千載之後還給人以人事代謝的悲
   哀。
   彭城樓：指徐州古跡彭祖樓。彭城以彭祖而得名。《寰宇
   記》說彭祖是殷朝賢臣，長壽。**戲馬台**：在彭城縣南一里，
   傳為項羽所築，在此戲馬。

2. "隆準"六句：劉邦、項羽、呂布、李光弼，都已死了，還
   想到南朝宋高祖劉裕，當年也曾在此地置酒抒懷。
   隆準：高鼻樑，指漢高祖劉邦。《漢書·高帝紀》："高祖，
   沛豐邑中陽里人也。為人隆準而龍顏。"這裏說飛上天，
   即已死去。**重瞳**：目中有兩眸子，指西楚霸王項羽。《史
   記·項羽本紀》說項羽是重瞳子。項羽都於彭城，後兵敗，
   自刎死。**白門**：漢末，呂布據徐州，被曹操圍急，下白門
   樓請降，被殺。**臨淮**：唐時，李光弼封臨淮郡王，鎮徐
   州。史載他死時，臨淮有大星隕落。**劉德輿**：南朝宋武帝
   劉裕，字德輿，徐州綏輿里人。他北征到徐州，在重九日
   登戲馬台，會將佐百僚賦詩。
   這六句歷數徐州歷史人物，都成過去。

3　　"邇來"二句：近來賓客稀少，甚感寂寞，園圃也荒涼了。

4　　"河從"四句：此地河水奔流，從百步洪響起了灘聲；山勢
逶迤，到了九里山更見盤紆曲折。山水自相激蕩，夜間特
覺有風雷之聲。韋應物詩："水性自云靜，石中固無聲，如
何兩相激，雷轉空山鳴。"這裏翻用其意。

　　百步：指百步洪，泗水所經。見後《百步洪》詩。**九里**：
山名，在徐州城北。

5　　"蕩蕩"二句：黃樓峙立在河水浩蕩的泗水邊，是我營建的。

　　清河：泗水的別稱。**壖**（ruán 壖）：河邊地。**黃樓**：元豐元
年（1078），蘇軾改築徐州外城，在東門上建黃樓。見後
《九日黃樓作》詩。

6　　"秋月"四句：黃樓秋夜月落城角，春風吹拂酒杯，我等待
你來作座上客，讀你所賦的美如珠玉的新詩。

　　遲：等待，唸去聲。**瓊瑰**：珠玉。

　　這四句是期待之詞，現在鄭戶曹要離去，不能相敘於黃
樓，所以下面説人事多乖。

7　　"樓成"二句：不料黃樓建成，你卻離去，人事本來就多與
願望違背的。

8　　"他年"四句：將來你厭倦宦遊，白髮歸來的時候，登上黃
樓，將為看不到我而發出感嘆。

　　使君：作者自稱。

　　清末·吳汝綸評："收語豪邁。"

九日黃樓作

　　元豐元年（1078）重陽日作。上一年抗洪搶險，保全了徐州。這年二月改築徐州外城，建四木岸。功成，蘇軾在東門上建一大樓，以黃土刷牆，名叫黃樓。樓高十丈，臨於泗水。黃樓新成，值重陽日，在黃樓大集賓客慶賀，並度佳節。這詩敘述了當天的盛會。開頭追憶徐州大水。從“朝來白霧”句開始，寫眾人在黃樓眺望，煙霧迷漫，樓下櫓聲軋軋，恍如置身在海船中。等到煙消日出，漁村、遠水、群山，歷歷在目。這時候，高歌起舞，大宴賓朋，場面熱烈。通篇有聲有色，情景交融。

去年重陽不可說，南城夜半千漚發。[1]
水穿城下作雷鳴，泥滿城頭飛雨滑。[2]
黃花白酒無人問，日暮歸來洗靴韤。[3]
豈知還復有今年，把盞對花容一呷。[4]
莫嫌酒薄紅粉陋，終勝泥中千柄錘。[5]
黃樓新成壁未乾，清河已落霜初殺。[6]
朝來白霧如細雨，南山不見千尋剎。
樓前便作海茫茫，樓下空聞櫓鴉軋。[7]

薄寒中人老可畏，熱酒澆腸氣先壓。[8]

煙銷日出見漁村，遠水鱗鱗山齾齾。[9]

詩人猛士雜龍虎，楚舞吳歌亂鵝鴨。[10]

一杯相屬君勿辭，此景何殊泛清雪。[11]

注釋

1　**"去年"二句**：去年重陽的事，不說也罷，徐州城南在半夜
　　裏水勢來得兇猛。
　　漚：水沫。千漚，形容浪花紛濺，水勢洶湧。

2　**"水穿"二句**：洪水在城下沖激，隆然有聲，城上遍是泥
　　濘，加上下雨，又濕又滑。

3　**"黃花"二句**：哪還有人理會賞菊飲酒，天晚回來還得忙於
　　洗淨靴襪。
　　黃花白酒：黃花指菊花。重陽節習例賞菊飲酒度節。**韤**：
　　通"襪"。
　　上面下筆即寫去年重陽時忙於抗災情景，紀昀評説"筆筆
　　作龍跳虎臥之勢"。

4　**"豈知"二句**：沒料到還會有今年重陽勝會，把盞賞菊，許
　　我呷上一口酒。

5　**"莫嫌"二句**：莫嫌酒味不濃，歌伎不美，到底強似在泥濘
　　裏，成千人拿起鐵鏟搶險抗洪。
　　酒薄：酒味淡。**紅粉**：指侑酒的歌伎。

6　**"黃樓"二句**：黃樓剛落成，壁尚未乾，泗水水位降落，正
　　是秋霜季候。
　　清河：指泗水。**霜初殺**：《穀梁傳‧定公元年》："冬十月，

隕霜，殺菽。」這裏指秋冬之交降霜氣候。

7 「朝來」四句：早上白霧籠罩，如霏霏細雨，從黃樓遠眺，看不見築在南山高處的寺塔。樓前便是泗水，在濃霧中覺似茫茫大海，只聽到樓下有搖櫓聲，看不見船隻。

　千尋：八尺為一尋，千尋是説很高。鴉軋：櫓聲。

8 「薄寒」二句：寒氣侵人，年老了受不住，先喝一杯暖酒，可以驅寒。

　中：讀去聲。這裏説人老怕中寒氣。

9 「煙銷」二句：不久煙消日出，可以望見遠處的漁村，泗水鱗波片片，山峰參差聳峙。

　齾齾（yà 壓）：齒缺不齊。這裏形容山峰高下參差。

10 「詩人」二句：樓中有詩人，有猛士，如龍虎聚集，有楚舞，有吳歌，紛然交作，與樓下的鵝聲、鴨聲亂成一片。

　作者自注：「坐客三十餘人，多知名之士。」

11 「一杯」二句：祝酒一杯，請不要推辭，這情景同過去泛舟於江南的霅溪沒有兩樣。

　霅（jiá 甲）：水名，即流入太湖的霅溪。

　　按：蘇軾曾為文紀述黃樓，刻石立碑，後因放逐被毀。他的詩多處寫到黃樓，如《答范淳甫》詩云：「惟有黃樓臨泗水。」自注說：「郡有廳事，俗謂之霸王廳，相傳不可坐。僕拆之以蓋黃樓。」秦觀所寫《黃樓賦序》說：「太守蘇公守彭城之明年，既治河決之變，民以更生，又因修繕其城，作黃樓於東門之上，以為水受制於土，而土之色黃，故取名焉。」蘇轍所寫《黃樓賦序》內容相近。黃樓實際上是徐州人民對抗水患的象徵。後來蘇軾在徐州所寫的詩集，就叫做《黃樓集》。

李思訓畫《長江絕島圖》

　　李思訓，唐畫家，字建睍，宗室。玄宗時官至右武衛大將軍。擅畫山水樹石，筆格遒勁。他開創了中國山水畫北派，為後代畫金碧青綠山水者所取法。他的《長江絕島圖》，畫大孤山和小孤山，現已不傳。蘇軾於元豐元年（1078）冬在徐州看到這幅名畫，因而題詠。詩充分寫出了畫中的動態，可見詩人觀察這幅畫的意境非常敏銳，而且聯想豐富。他寫孤山和客舟相對搖簸，還有虛擬的歌聲，使人想像到客舟裏的人也為秀美的孤舟而神馳，真的把畫寫活了。詩人善於以美人喻山水名勝，例如以西子比西湖。孤山本來就有"小姑嫁彭郎"的民間傳說，詩人不費力地剪裁入詩，結得很有風趣。

　　　山蒼蒼、水茫茫，大孤小孤江中央。[1]

　　　崖崩路絕猿鳥去，惟有喬木攙天長。[2]

　　　客舟何處來？棹歌中流聲抑揚。

　　　沙平風軟望不到，孤山久與船低昂。[3]

　　　峨峨兩煙鬟，曉鏡開新妝。[4]

　　　舟中賈客莫漫狂，小姑前年嫁彭郎。[5]

注釋

1 **"山蒼"二句**：山色蒼翠，江水茫茫。大孤山和小孤山兀立在江水的中央。

   大孤：山名。在江西湖口東南鄱陽湖中，正當湖水流入長江的地方，和小孤山遙遙相對。它是個大石島，形狀如鞋，又名鞋山。**小孤**：山名。在安徽宿松縣城東南六十公里的長江中。一峰獨立，故名孤山，圓形如椎髻，舊亦稱髻山。江流湍激，海潮不能上。山半有啟秀寺，民稱"小姑廟"。

2 **"崖崩"二句**：山崖崩缺，路徑險仄，猿鳥無蹤，只有參天喬木高插長霄。

   攙天：參天。

3 **"客舟"四句**：江上的客船來自哪裏？舟子搖著櫓在江心放歌，頓挫悠揚，旋律多麼優美。客船似要駛向孤山，江上沙洲平坦，風力輕柔，孤山望得到但一下子到不了，江波把船掀得昂起來，孤山就低了下去，待到船低下去的時候，孤山又昂高起來，船和孤山就是這樣相對地簸蕩著。

   棹（zhào 照）歌：棹是船櫓，這指駕船人的歌唱。**風軟**：風力小。**望不到**：望得見，但還未到達。**低昂**：一低一高。這四句寫畫幅的動態，特別傳神。

4 **"峨峨"二句**：大、小孤山在迷濛中像一雙高髻，那是大姑和小姑以清澈的江水做鏡子，在理晨妝。

   峨峨：高峻。**煙鬟**：鬟是婦女頭髮梳結的一種式樣，這裏指大孤、小孤兩山。因遠看迷濛，故稱煙鬟。**曉鏡**：指江水明淨如鏡。

5 **"舟中"二句**：船裏的客商且莫為這樣美麗的顏色而輕狂起

來，小姑在前年已嫁給彭郎了。

賈客：經商的客人。**小姑**：小孤山亦名小姑山。**彭郎**：澎浪磯在小孤山對岸，又稱彭郎磯。民間傳說，"彭郎"和"小姑"是夫妻。

清·王文誥評："此詩如古樂府，別為一體，妙在一結，含蓄不盡，使讀者自得之也。"

百步洪二首並敘（選其一）

王定國訪余於彭城。一日，棹小舟，與顏長道攜盼、英、卿三子游泗水，北上聖女山，南下百步洪，吹笛飲酒，乘月而歸。余時以事不得往，夜著羽衣，佇立於黃樓上，相視而笑，以為李太白死，世間無此樂三百餘年矣。定國既去逾月，復與參寥師放舟洪下，追懷曩游，已為陳跡，喟然而嘆。故作二詩，一以遺參寥，一以寄定國，且示顏長道、舒堯文邀同賦云。

百步洪在徐州銅山縣東南二里，又稱徐州洪，泗水所經。長約百餘步，形如川字，中分三道，稱外洪、中洪、月洪。懸流迅疾，亂石峭立，水石相激，聲聞數里。蘇軾這詩作於元豐元年（1078）。描寫百步洪的水勢，動心駭目。他連用兔走鷹落等七種形象，比喻水波沖瀉，這種手法，宋時陳騤《文則》稱之為“博喻”。唐人的七古如白居易《琵琶行》，接連使用了多種比喻，形容琵琶的音響，使人讀後彷彿親自聽到一支感人的樂曲。蘇軾不讓白居易專美於前，這詩也使讀者恍如親歷了百步洪，看到流水高速地沖擊。蘇詩的七古恣意馳騁，不受羈勒，這篇是代表作之一。

王定國：名鞏，河北大名人。工詩，隨蘇軾學文案。顏長道：名復，魯人。熙寧中曾任國子監直講官，因事免職。盼、英、卿：徐州歌伎馬盼盼、張英英、卿卿（姓不詳）。參寥：僧道潛，字參寥，於潛人，工詩能文。舒堯文：名煥，一字堯夫，徐州府學教授。

長流斗落生跳波，輕舟南下如投梭。[1]
水師絕叫鳧雁起，亂石一線爭磋磨。[2]
有如兔走鷹隼落，駿馬下注千丈坡。
斷弦離柱箭脫手，飛電過隙珠翻荷。[3]
四山眩轉風掠耳，但見流沫生千渦。[4]
嶮中得樂雖一快，何異水伯誇秋河。[5]
我生乘化日夜逝，坐覺一念逾新羅。[6]
紛紛爭奪醉夢裏，豈信荊棘埋銅駝？[7]
覺來俯仰失千劫，回視此水殊委蛇。[8]
君看岸邊蒼石上，古來篙眼如蜂窩。[9]
但應此心無所住，造物雖駛如吾何？[10]
回船上馬各歸去，多言譊譊師所呵。[11]

注釋

1 "長流"二句：百步長洪陡然瀉落，水波跳躍，乘著一葉輕舟順流而下，疾如投梭。

斗落：即陡落。

2 "水師"二句：這瞬間水手大叫，鳧雁驚飛，船在亂石磋磨、狹如一線的水道中穿行而過。

水師：水手。

3 "有如"四句：但見水勢如同狡兔疾走，蒼鷹低掠，駿馬馳下千丈高坡；又如琴上的斷弦猝然離開琴柱，弓弦上的利箭脫手飛出，隙中閃過一霎眼的電光，荷葉上的露珠驟然翻瀉。

這四句連用七個比喻，以示水流的傾瀉之勢，增強了形象性。

4 "四山"二句：四面的山群移轉，使人目眩，耳邊則風聲呼呼作響，只見水沫捲起無數漩渦。

5 "嶮中"二句：在險中得到樂趣，雖是一件快事，但我這樣誇示百步洪的快速，何異於河伯自誇，以寡陋之見貽笑於人。

嶮：同險。水伯誇秋河：自以為所見甚大而實則見聞寡陋。《莊子・秋水》說：秋水漲時，百川注於黃河，水勢浩大，"河伯欣然自喜，以天下之美盡在己矣"。及至河伯走到北海，才驚嘆海洋之大，遠非秋河可比。作者引用這故事，說明百步洪的急流還不是最快速的，從而引伸出下面所說的"一念逾新羅"等一番禪理。

6 "我生"二句：我們順隨著命運變化而生活，但光陰是不停頓地消逝的，一想念之間就去得很遠。

乘化：陶淵明《歸去來辭》："聊乘化以歸盡，樂夫天命復奚疑。"乘化，有一任命運自然變化的意思。**日夜逝**：《論語·子罕》記孔子在川上觀看流水，嘆道："逝者如斯夫！不舍晝夜。"**新羅**：唐宋時的新羅，即今朝鮮的一部分。佛教典籍《傳燈錄》記載僧人說偈語，常有"一念逾新羅"的比喻。這裏引用它，意說一念之遠，要比百步洪快得多。

7　　**"紛紛"二句**：世人不覺，紛紛在醉夢中競相爭奪，哪裏相信世事會有這樣大的變化呢？

銅駝：《晉書·索靖傳》說，索靖有遠見，知道天下將亂，指著洛陽宮門外的銅駝嘆道："會見汝在荊棘中耳！"後人以荊棘銅駝比喻世變。

8　　**"覺來"二句**：由此領悟到，俯仰之間經歷了萬千變化，再回過來看百步洪的流水，便覺得遲緩了。

劫：佛經說天地的形成到毀滅為一劫。失千劫，過去了一千劫。**殊**：猶為。**委蛇**（yí 佗）：同委佗，轉曲自得貌。這裏形容遲緩。

9　　**"君看"二句**：你看這岸邊的蒼石上，古來留下的船篙洞眼多如蜂窩。這裏用篙眼之多說明古來過往了無數船隻，亦即歷盡變化，相形之下，百步洪就顯得緩慢了。

10　　**"但應"二句**：只要此心超乎物外，則天地變化雖速，又於我何害？

住：佛教語，執著之意。**駃**：形容快速。

11　　**"回船"二句**：還是回船上馬各自歸去吧，話說多了，喧嚷不休，禪師會責備的。

譊譊（náo 鐃）：多言喧鬧。**師**：指同遊的詩僧參寥。

按：第十一句以後，轉入同詩僧參寥議論禪理。概括起來，是說：如果以百步洪水流為最速，即等於"水伯誇秋河"，所見不廣。因為人的一念即"逾新羅"，俯仰之間即"失千劫"，變化是何等之大。百步洪岸邊有一個篙窩，都經歷了古今，這樣看來，百步洪是猶為"委蛇"——遲緩的。所得的結論要棲心物外，處以曠達。這詩的精煉處是在上半首，下半談禪部分意義是不大的。

月夜與客飲杏花下

　　元豐二年（1079）春作於徐州。《東坡詩話》云：「僕在徐州，王子立、子敏皆館於官舍。蜀人張師厚來過，二王方年少，吹洞簫，飲酒杏花下。予作此詩。」蘇軾詩常使用許多典故，這首詩卻是不用一典，另呈風致，足見風格多樣化。開首四句，大有李白詩風。

　　　杏花飛簾散餘春，明月入戶尋幽人。[1]
　　　褰衣步月踏花影，炯如流水涵青蘋。[2]
　　　花間置酒清香發，爭挽長條落香雪。[3]
　　　山城酒薄不堪飲，勸君且吸杯中月。[4]
　　　洞簫聲斷月明中，惟憂月落酒杯空。[5]
　　　明朝捲地春風惡，但見綠葉棲殘紅。[6]

注釋

1　　"杏花"二句：杏花飛掠窗簾，殘春將要消散，明月照進屋子，似是有意來尋找幽居者。

　　　幽人：作者自謂。

2　　**"褰衣"** 二句：牽起衣袍走出花下，月光皎潔，花影有如青蘋浮泛在流水之中。

　　褰：同牽。

3　　**"花間"** 二句：在花間置酒，花氣清芳沁鼻，大家手挽花枝，花落如飄香雪。

4　　**"山城"** 二句：山城的酒味淡，不大好飲，勸你聊為月色清美而把酒吸乾吧。

　　山城：指徐州。**酒薄**：酒味不濃。**杯中月**：月映酒中。

5　　**"洞簫"** 二句：悠揚的洞簫聲在月明中沉寂下來，只怕等會兒月也落了，酒也喝完了。

6　　**"明朝"** 二句：到明天早上，東風捲地為虐，只能看到綠葉叢中留著幾片殘紅。

　　宋‧趙次公評："此篇不使事，語亦新造，古所未有。迨涪翁所謂不食煙火食人之語也。"

舟中夜起

　　元豐二年（1079）從徐州移知湖州，作於途中。詩寫了夜泊湖上短短一宿的清境。周圍沉寂到"人物不相管"，使作者得以暫時擺脫憂患，形影自娛。然而這難得的清境並不久長，天亮後又是一片煩囂。惋惜之意，在於詩外。蘇軾於三月奉調，四月在途，月底到湖州，七月即發生"烏台詩案"。他對種種憂患應當早已察覺，事實上在三月間權監察御史裏行何正臣已上章彈劾蘇軾了。蘇軾對類此煩擾身心的事表示厭惡，湖上的靜夜，因而是可貴的時刻。詩中描寫靜態，妙合自然，從菰蒲因風振動的蕭蕭音響中見靜，從大魚驚竄的動中見靜，從暗潮幽咽如寒蚓，柳絲月影如懸蛛的荒寒中見靜，信是神筆。

微風蕭蕭吹菰蒲，開門看雨月滿湖。[1]
舟人水鳥兩同夢，大魚驚竄如奔狐。[2]
夜深人物不相管，我獨形影相嬉娛。[3]
暗潮生渚弔寒蚓，落月掛柳看懸蛛。[4]
此生忽忽憂患裏，清境過眼能須臾！[5]

雞鳴鐘動百鳥散，船頭擊鼓還相呼。[6]

注釋

1　**"微風"二句**：夜靜，艙外微風吹動菰蒲，發出細碎的蕭蕭聲響，大概是在下雨吧，推開艙門，卻看見滿湖月色。唐·無可《秋寄從兄賈島》詩："聽雨寒更盡，開門落葉深。"因山中夜靜，娛以落葉為雨聲。這裏翻用其意，描湖上風振菰蒲。

2　**"舟人"二句**：船工、水鳥，都在夢境裏，船上、水上，多麼恬靜。忽然，湖中潑剌剌地竄起一條大魚，快如狐奔，產生了瞬間的響動。

3　**"夜深"二句**：夜色深沉，人同物幾乎各不相干，我變得遺世獨立，只同自己的影子相戲樂。

4　**"暗潮"二句**：細聽，潮水悄悄漫上沙渚，很像寒蚓的幽咽聲。這時落月墜到柳梢，像一隻蜘蛛懸掛在蛛絲一樣的柳條上。

5　**"此生"二句**：平生飄忽的歲月都在憂患中度過，眼前的清境，時間卻是這樣短促！

　　能：如此。

6　**"雞鳴"二句**：雞啼報曉，敲響晨鐘，宿鳥驚散，船頭打鼓開行，船工大聲呼喊，繁雜的聲音頓時送走了靜夜。

　　雞鳴鐘動：韓愈詩："猿鳴鐘動不知曙。"此用其意。

十二月二十八日，蒙恩責授檢校水部員外郎黃州團練副使，復用前韻二首

元豐二年（1079）"烏台詩案"結案後出獄作。這年三月，蘇軾從徐州改知湖州，四月到任，上了一道《湖州謝表》。權監察御史裏行何正臣、舒亶、國子博士李宜之，權御史中丞李定等相率上章彈劾蘇軾。他們從蘇軾的謝表和所作詩中挑剔章句，指為譏謗朝廷，攻擊新法。神宗下令御史台審理。太常博士皇甫遵求旨去拘捕蘇軾。八月，蘇軾下御史台獄。御史台一稱烏台（《漢書》有烏鴉數千棲於御史台中的柏樹的記載），故稱為"烏台詩案"。這是北宋有名的一宗文字獄。十二月，蘇軾在各方營救下出獄，被責赴黃州（今湖北黃岡）。這兩詩抒寫了出獄後的思想狀態：對蓄意媒蘗的人表示蔑視，還表示要繼續提起詩筆詠寫人生和斥責時弊，今後的禍福縱未可知，但決不逢迎而喪失氣節。

百日歸期恰及春，餘年樂事最關身。[1]
出門便旋風吹面，走馬聯翩鵲啅人。[2]

卻對酒杯疑是夢，試拈詩筆已如神。[3]

此災何必深追咎，竊祿從來豈有因。[4]

注釋

1　"百日"二句：在獄百餘天，恰好趕上新春還家，餘下的歲
　　月，最要緊的是注意身心愉快。

　　百日歸期：蘇軾於八月十八日下獄，十二月二十八日出
　　獄，計一百三十日。這裏說百日，是約言之。

2　"出門"二句：出獄走了幾步，便覺冷風吹面，街上騎馬過
　　往的人，吱吱喳喳，像鳥叫一樣。

　　便旋（pián xuán 駢玄）：回轉，徘徊。**聯翩**：接連不斷。
　　鵲啅（zhuó 濁）：鳥雀朝著人鳴叫。

　　兩句很含著，暗謂出獄後仍覺心寒，耳邊還聽到眾口雜鳴。

3　"卻對"二句：回來舉杯喝酒，像做了一場夢，一拈起筆寫
　　詩，便覺得神思潮湧。

　　卻對：仍對。

4　"此災"二句：這場災禍用不著深追過失，此類遭遇在官場
　　裏是司空見慣的，哪有什麼原因。

　　竊祿：竊居祿位，猶說尸位素餐。這裏所說竊祿，語氣相
　　關，既可以用於自責，也可以是譏諷羅織獄事的人，為了
　　竊祿而不惜構陷別人。

平生文字為吾累，此去聲名不厭低。[1]

塞上縱歸他日馬，城東不鬥少年雞。[2]

休官彭澤貧無酒，隱几維摩病有妻。³

堪笑睢陽老從事，為余投檄向江西。⁴

注釋

1　"平生"二句：文字是我平生的負累，此去還是以沒有時名
為好。

2　"塞上"二句：禍福互相倚伏，塞翁得回失馬，不足為喜，
然而，逢迎求寵，如唐詩的鬥雞少年，我卻辦不到。

塞上：《淮南子》有塞翁失馬的寓言：塞上的老翁有一匹
馬誤走到胡人那裏去，後來這匹馬卻引了胡人一匹駿馬回
來。不料他的兒子又因乘坐駿馬被踤下來，折了腿。這裏
說明禍和福互相倚伏和轉化。作者用這故事，是說今雖出
獄，不算是福，往後怎樣，難以預料。城東：用唐人小說
《東城老父傳》鬥雞少年賈昌故事。唐明皇喜歡民間清明節
鬥雞戲，設雞坊。賈昌善於鬥雞，十三歲被封為"五百小
兒長"，稱"神雞童"。當時流行說："生兒不用識文字，
鬥雞走馬勝讀書。"

3　"休官"二句：只因家貧，還不能辭官，只好以佛法解除煩
惱。

彭澤：指陶淵明。陶曾為彭澤令，辭官。他寫《五柳先生
傳》以自況，說："性嗜酒，家貧不能常得。"這裏引以為
喻。隱几：坐具，靠背椅。這裏說安坐在椅子上。有閒適
的意味。維摩：即維摩詰，菩薩名，意謂清淨無垢。佛書
說維摩詰常示疾（得病）說法，以法喜為妻。法喜，意謂

130

見法而生喜。這是説世人以妻色為喜，菩薩則是以佛法為喜，並不是真有妻子。作者以維摩詰自比，意即學佛。

4 **"堪笑"二句**：可笑睢陽老從事——子由，為我的獄事而丟官，貶到江西去了。

睢陽老從事：指蘇轍。當時蘇轍任著作郎，簽書應天府（今河南商丘）判官。應天府在唐時寫睢陽。**投檄**（xí 習）：古時用木簡作官書，長尺二寸，稱為檄。投檄，這裏指棄官。作者自注："子由聞予下獄，乞以官爵贖予罪，貶筠州（今江西高安）監酒。"

按：蘇軾的《湖州謝表》有云："伏念臣性資頑鄙……知其愚不適時，難以追陪新進；察其老不生事，或能牧養小民。"這幾句牢騷話惹來了一場幾乎送命的獄訟。因為王安石變法期間，一些元老重臣因政見分歧，紛紛辭退，王安石不得不重用一些表示支持新法的"新進勇鋭之人"，其中當然有竄升起來的投機分子。謝表所說"新進"、"生事"等語刺痛了他們，因而群起攻擊。蘇軾的詩文成了"罪證"。舒亶把蘇軾的《錢塘集》送上去，狀子說：陛下發錢本要使貧民安業，蘇軾卻說"贏得兒童語音好，一年強半在城中"；陛下明法以課試群吏，他就說"讀書萬卷不讀律，致君堯舜知無術"，陛下興水利，他就說"東海若知明主意，應教斥鹵變桑田"；陛下嚴鹽禁，他就說"豈是聞韶解忘味，邇來三月食無鹽"。李定的狀子說蘇軾有四條"可廢之罪"，如"傲悖之語，日聞中外"等等。《錢塘集》今已失傳，但被指控為攻擊新法的詩，可從宋人朋九萬《東坡烏台詩案》、周紫芝《詩讞》和清人張鑑秋《眉山詩案廣證》中看到，達數十首。這些詩還應加以區別，只有部分確是譏刺新法的；也有與新法無關，而是譏刺時政弊病的，或是反映水旱災情、民間疾苦的；更有的純出於捕風捉影、羅織誣陷的。蘇軾反對王安石的新法，而沒有全部加以否定，這同司馬光有很大的不同。烏台詩案發生前，他的《與滕達道二十四首》云："某欲面見一言者，蓋謂吾儕新法之初，輒守偏見，至有異同之論。雖此心耿耿，歸於憂國，而所言差謬，少有中理者。今聖德日新，眾化大成，回視向之所執，益覺疏矣。"這信可以看到他的態度。他被指控及對新法而構成獄訟，事情不發生於熙寧二年（1069）他最激烈反對王安石的時候，而發生在元豐二年（1079）王安石已經罷相三年之後，可見舒亶等人的指控是借新法為話題而已。

梅花二首

元豐三年（1080），寫於貶赴黃州所經麻城春風嶺路上。歷來各家注本都用這個詩題。宋時趙次公曾得見蘇軾自寫這兩詩的手跡，題為《正月二十日過關山作》。關山即指麻城通往黃州的虎頭、黃土、木陵、白沙、大城五關。蘇軾寫過許多詠梅詩，而這是他在貶謫中詠梅的第一組詩。他本長於以人喻物，這兩詩還將自己的精神面貌和遭遇注給春風嶺上的梅花，詩人和梅就合而為一了。兩詩在蘇軾思想上留下深刻的烙記，他後來的詩，曾一再提及 "去年今日關山路，細雨梅花正斷魂"，"春風嶺上淮南村，昔年梅花曾斷魂"。

春來幽谷水潺潺，的皪梅花草棘間。
一夜東風吹石裂，半隨飛雪渡關山。[1]

注釋

1　"春來"四句：春天到來，幽谷裏水聲潺潺，生長在野草和荊棘間的梅花十分鮮妍。一夜之間吹起強勁的東風，落梅片片，伴隨著飛雪飄過了關山。後兩句脫胎於高適《塞上聽吹笛》詩：「借問梅花何處落？風吹一夜滿關山。」

的皪（ㄌ一ˋ歷）：顏色鮮妍。**東風吹石裂**：石給風吹裂，意指風力強勁。歐陽修《山齋絕句》詩：「正當年少惜花時，日日東風吹石裂。」

何人把酒慰深幽？開自無聊落更愁。
幸有清溪三百曲，不辭相送到黃州。[1]

注釋

1   「何人」四句：生在這幽僻地方，誰來把酒賞花？花開固屬無聊，花落就更哀愁。幸而還有縈迴曲折的三百里清溪，我落花願意隨水送你到黃州。

　　這兩首詩同是作者寄託自己的感慨，但表現手法不同。趙次公指出：「前篇人為花而賦者，後篇花自言而屬於人者，皆詩人之風致也。」又說：「清溪所以浮其落蕊，能相送先生到黃州矣。」第二首假託梅花出來說話，落花隨水，同到黃州，梅花和詩人同一命運，設想奇特。

陳季常所蓄《朱陳村嫁娶圖》二首

　　元豐三年（1080）正月，蘇軾自京城赴黃州貶所，途經岐亭時，在陳季常家看到一幅《朱陳村嫁娶圖》，寫這二詩。陳季常，名慥，號方山子，蜀眉州人。父親陳公弼曾出知鳳翔府，那時蘇軾也在鳳翔任簽書判官，相處二年，因而同陳季常相識。後來陳公弼移家到洛陽，陳季常卻來岐亭隱居。蘇軾到黃州後，同陳季常交遊很密，並為他作《方山子傳》。陳季常所藏朱陳村的圖畫，不詳作者是誰。《西川名畫錄》載：唐代畫家趙德元，在昭宗天復年間入蜀，繪有《朱陳村》等圖。可見以朱陳村為畫材，並不是僅見的。蘇軾二詩，第一首從畫中讚美了朱陳村的淳樸民風和安恬的生活，第二首說而今朱陳村的風物已經不堪入畫，僅縣吏催租一句，就有許多感嘆。詩人這時還出獄不久，詩筆的鋒芒並未稍減，是難能的。

　　何年顧陸丹青手，畫作《朱陳嫁娶圖》。[1]
　　聞道一村惟兩姓，不將門戶買崔盧。[2]

注釋

1 "何年"二句:是什麼時候的丹青妙手,大有顧愷之、陸探
微的筆意,畫出了這幅《朱陳嫁娶圖》。

顧陸:東晉畫家顧愷之、南朝宋畫家陸探微。二人擅畫人
物。《歷代名畫記》稱:"像人之美,陸得其骨,顧得其神。"

2 "聞道"二句:聽說這一村只有朱、陳兩姓,他們世世互為
婚姻,不以錢財去攀附高門望族。

崔盧:崔姓和盧姓都是南朝梁、陳的貴族。南北朝時最重
門閥,迄至唐代,仍沿襲了這種風氣。清河或博陵的崔
族,范陽的盧族,趙郡或隴西的李族,滎陽的鄭族,太原
的王族,這五姓是最有權勢的閥閱之家,這些門第的嫁
娶,要多索賞財,稱為"賣婚"。這裏以崔盧代表高門。

我是朱陳舊使君,勸農曾入杏花村。[1]
而今風物那堪畫,縣吏催租夜打門。[2]

注釋

1 "我是"二句:我是朱陳村的舊任長官,因措施農政曾入過
杏花村。

朱陳:朱陳村在唐、宋時均在徐州豐縣治內,現在江蘇豐
縣東南仍有朱陳村。唐時白居易詩詠朱陳村道:"徐州古
豐縣,有村曰朱陳。去縣百餘里,桑麻青氛氳。機梭聲札
札,牛驢走紜紜。女汲澗中水,男採山上薪。縣遠官事

少，山深人俗淳。有財不行商，有丁不入軍。家家守村業，頭白不出門。生為陳村民，死為陳村塵。田中老與幼，相見何欣欣。一村唯兩姓，世世為婚姻。親疏居有族，少長游有群。黃雞與白酒，歡會不隔旬。生者不遠別，嫁娶先近鄰。死者不遠葬，墳墓多繞村。既安生與死，不苦形與神。所以多壽考，往往見玄孫。"所寫的朱陳村，由於偏僻，少受官府煩擾，百姓耕織自足，人多壽考，幾乎成為世外桃源。**使君**：蘇軾在熙寧十年至元豐二年（1077—1079）出知徐州，即太守，朱陳村既在徐州治內，故稱舊使君。**杏花村**：與朱陳村相連。詩人舊曾到過杏花村，因而對朱陳村的風物很了解。

2　"**而今**"二句：現今那裏風貌已變，縣吏黑夜打門催租了。像這樣一個淳美的農村，已經面目非舊，民間疾苦之深，很自然地引起詩人的感慨。

初到黃州

蘇軾被謫降為檢校水部員外郎、黃州團練副使，於元豐三年（1080）二月到職，作此詩。詩中以自嘲之詞抒發憤慨情緒。"自笑平生為口忙"一語，含意實與貶黃州所作詩"平生文字為吾累"相同，都是說因詩文得禍，但這裏故意隱晦其詞，說是為口腹而忙碌。平生抱負變成"為口"，自然是感慨繫之。後來蘇軾貶惠州，也說過"我生涉世本為口"的話。

> 自笑平生為口忙，老來事業轉荒唐。[1]
> 長江繞郭知魚美，好竹連山覺筍香。[2]
> 逐客不妨員外置，詩人例作水曹郎。[3]
> 只慚無補絲毫事，尚費官家壓酒囊。[4]

注釋

1   "自笑"二句：自笑平生為口而忙碌，到了這個年紀，事業轉覺一無是處。

    為口忙：雙關語。本意說因言論惹禍，卻自嘲為口腹而奔馳。荒唐：《莊子‧天下》：「荒唐之言」，指議論不著邊際。俗以言行不飭為荒唐。這裏緊扣「為口忙」而言。

2　「長江」二句：看到長江流過黃州城下，就知道魚鮮定很肥美；好竹長滿群山，更覺筍香可口。

長江繞郭：黃州在長江北岸，三面環水。好竹連山：黃州以產竹著名。王禹稱《黃岡竹樓記》：「黃岡之地多竹，大者如椽。」黃岡是黃州府屬。

這兩句從「為口」引發出來，但又妙寫黃州風物。

3　「逐客」二句：受貶逐的官員不妨安置在定額之外，歷代詩人照例要做水部的郎官。

逐客：逐臣遷客，作者自謂。員外：官制定額以外的官員。貶官以員外安置，唐時已有成例。水曹郎：歷朝設有水部，專管山川水利。水曹郎指隸屬於水部的郎官。梁時何遜、唐時張籍、宋時孟賓于這些詩人，都做過水部郎。作者這時責受水部員外郎，故作此語。

4　「只慚」二句：只是慚愧對政事無所補益，還得耗費官家用「退酒袋」折抵俸錢。

壓酒囊：作者自注：「檢校官例，折支多得退酒袋。」退酒袋是官府用餘的廢袋。宋時支給官俸，常用各種物品折價相抵，退酒袋就是折抵物品。

139

寓居定惠院之東，雜花滿山，有海棠一株，土人不知貴也

元豐三年（1080）在黃州作。定惠院在州城東南。《東坡志林》説：「黃州定惠院東小山上有海棠一株，特繁茂，每歲盛開，必攜客置酒。」海棠盛產於西蜀，作者的故鄉有「海棠香國」之稱。他初貶黃州，看到與雜花野草為伍的海棠，設想他是西蜀所產，流落此地，頓有同是天涯淪落之感。這詩借花寓感，句中如「自然富貴出天姿，不待金盤薦華屋」，格調高亢，表現了作者的平生。

江城地瘴蕃草木，只有名花苦幽獨。[1]
嫣然一笑竹籬間，桃李漫山總麤俗。[2]
也知造物有深意，故遣佳人在空谷。[3]
自然富貴出天姿，不待金盤薦華屋。[4]
朱唇得酒暈生臉，翠袖捲紗紅映肉。[5]
林深霧暗曉光遲，日暖風輕春睡足。[6]
雨中有淚亦悽愴，月下無人更清淑。[7]
先生食飽無一事，散步逍遙自捫腹。
不問人家與僧舍，拄杖敲門看修竹。[8]
忽逢絕艷照衰朽，嘆息無言揩病目。[9]

陋邦何處得此花，無乃好事移西蜀。[10]

寸根千里不易致，銜子飛來定鴻鵠。[11]

天涯流落俱可念，為飲一樽歌此曲。[12]

明朝酒醒還獨來，雪落紛紛那忍觸！[13]

注釋

1 　"江城"二句：長江邊的黃州城，地氣蒸鬱，草莽繁生，只有這株名種海棠最為孤寂。

　　地瘴：地勢低濕，多瘴氣。**苦**：最。

2 　"嫣然"二句：它像個美人，在竹籬間嫣然一笑，相形之下，遍山的桃李總覺得粗俗不堪。

　　麤：與"粗"通。

3 　"也知"二句：我也知道這出自上天的深意，故使絕代佳人住在山谷裏。

　　造物：指上天。**空谷**：杜甫詩："絕代有佳人，幽居在空谷。"這裏以海棠比佳人。

4 　"自然"二句：海棠天姿自然，不須貯以金盤，獻於華屋，才顯出它的華貴。

　　薦：進獻。

5 　"朱唇"二句：朱唇沾酒，紅暈泛上臉頰。捲起綠紗的衣袖，映現出紅潤的肌膚。

6 　"林深"二句：樹木深密，霧氣暗沉，很遲才透進晨光。日色溫暖，和風輕快，春睡十分甜暢。

　　春睡：《明皇雜錄》載：唐明皇登沉香亭，傳召楊貴妃，見她還帶著醉態，說是"海棠睡未足"。這裏反用其意。

7 　“雨中”二句：在雨中，垂著淚點，又覺悽愴可憐。在月下，寂寞無伴，更顯得清雅婉淑。

　　以上六句，用擬人手法細寫海棠枝葉顏色鮮艷，和在天曉、日暖、雨中、月下的各種情態。

8 　“先生”四句：東坡先生飽食後，閒著沒事，摩挲肚皮漫步，不問是民居還是僧舍，拄著手杖敲門，想要看修長的綠竹。

　　先生：作者自稱。

9 　“忽逢”二句：忽見絕代的艷色，面對我這衰朽之身，我無言嘆息，擦著病眼凝視。

10 　“陋邦”二句：僻陋的黃州怎會有這黃花，莫非是好事者從西蜀移來的吧？

11 　“寸根”二句：寸多長的幼苗，因遠隔千里，也不容易移栽，定然是鴻鵠銜著海棠的種子飛到這裏來的。

　　銜子：西蜀濯錦江多海棠，世傳鳥雀啄吞了海棠的種子，隨糞墜下，所以海棠叢生。這裏設想由鴻鵠把種子帶到黃州。作者二十一歲時，由父親帶同入京應試，“銜子飛來”也暗指這事。

12 　“天涯”二句：從西蜀流落天涯，自己和海棠正有同感，為此而飲盡這樽酒，歌吟這一曲。

13 　“明朝”二句：明朝酒醒後，我還會獨自到來，只怕花瓣如雪片紛紛飛落，不忍觸摸了。

　　宋·魏慶之《詩人玉屑》：“東坡《海棠》詩，辭格超逸，不復蹈襲前人。平生喜為人寫，蓋人間刊石者，自有五六本云，軾生平得意詩也。”

　　清·紀昀評：“純以海棠自寓，風姿高秀，興象微深。後半尤煙波跌蕩，此種真非東坡不能，東坡非一時興到亦不能。”

正月二十日，往岐亭，郡人潘、古、郭三人送余於女王城東禪莊院

　　元豐四年（1081）春，蘇軾去岐亭探訪陳慥，黃州的朋友潘彥明等三人送他出城，直到女王城東的禪莊院，詩是這時寫的。這一天恰是詩人謫來黃州途經春風嶺的一周年，他著意寫出了黃州野外早春冰谷解凍、草木充滿生機的清新景色，又抒寫了得到友朋慰藉的情懷，同去年關山路上"細雨梅花"的淒清景象相較，兩種情調大不相同。全篇情景交融，表達了詩人逐漸平復的心情。

　　潘、古、郭：蘇軾到黃州後新交的朋友。潘丙，字彥明，黃州人，在樊口開酒坊。古耕道，新平人，粗豪而解音律。家住黃州南陂，有十畝竹園。郭遘，字興宗，汾陽人，寄寓黃州，在西市賣藥。喜作輓歌詞，為人仗義。蘇軾《東坡八首》其七有云："潘子久不調，沽酒江南村。郭生本將種，賣藥西市垣。古生亦好事，恐是押牙孫。"女王城：離黃州十里，舊有永安城，俗稱為女王城，相傳為戰國時楚相春申君黃歇的故城，唐時建有禪莊院。女王城一名是楚王城的誤稱。

十日春寒不出門，不知江柳已搖村。

稍聞決決流水谷，盡放青青沒燒痕。[1]

數畝荒園留我住，半瓶濁酒待君溫。[2]

去年今日關山路，細雨梅花正斷魂。[3]

注釋

1. "十日"四句：春寒時節才十日沒有出門，不知道江邊的楊柳已長出新枝條，掩映村落，搖曳生姿。隱隱約約地聽到溪谷裏沖破冰塊的決決水聲，眼前草色一片新綠，掩沒了燒後的焦黃痕跡。

   決決：溪泉湧流聲。韋應物詩："決決水泉動。"青青：形容春天草木的新綠。古詩："青青河畔草。"燒痕：被燒過的痕跡。曹植詩："願為中林草，秋隨野火燔。"白居易詩："野火燒不盡，春風吹又生。"

   上四句寫出城後乍見"江柳搖村"，春景豁然如畫。在行程中，側耳細聽水聲決決，知道春冰解凍；縱眼望見嫩草繁生，知道春寒已盡。句中既有景物，也顯出了行態。王文誥評謂："一片空靈，奔赴腕下。"

2. "數畝"二句：禪莊院的幾畝荒園盡堪我留宿，半瓶濁酒正待煮熱後大家同飲。良朋送行的真情，用"荒園"、"濁酒"表現出來，這顯出了彼此的不拘形跡。

3. "去年"二句：去年今天在貶來黃州的關山路上，寒雨霏霏，飄灑著嶺上梅花，正使人黯然銷魂。

   關山路：麻城通往黃州的路上，有虎頭、黃土、木陵、白

沙、大城五關,關山路即指此。作者上年經麻城關山路,
曾賦梅花,詩見前。

末句"細雨梅花正斷魂",暗用杜牧"清明時節雨紛
紛,路上行人欲斷魂"句意。清・王文誥說:"本意於末句
暗藏'路上行人'四字,結住道中,讀者徒知讚嘆,未見其
脫胎之巧也。"
清・紀昀評:"一氣渾成。"

東坡八首並敘（選其一、二、七）

　　余至黃州二年，日以困匱。故人馬正卿哀余乏食，為於郡中請故營地數十畝，使得躬耕其中。地既久荒為茨棘瓦礫之場，而歲又大旱，墾闢之勞，筋力殆盡。釋耒而嘆，乃作是詩，自愍其勤，庶幾來歲之入以忘其勞焉。

　　元豐四年（1081），蘇軾墾闢黃州東坡，作詩。自此號東坡居士。東坡位於州城之東，是一座頗高的坡壠。蘇軾在坡頂上蓋了一間三房的小屋，下建亭台，再下蓋了雪堂。鄰近的南坡，便是朋友古耕道的竹林。宋‧周必大《二老堂詩話》認為：蘇軾“謫居黃州，始號東坡，其原必起於樂天忠州之作”。白居易從江州司馬遷為忠州刺史後，有《東坡種花》及《步上東坡》等詩。同是貶居，蘇軾以黃州東坡擬於忠州東坡，足見其有共鳴之意。作者躬耕東坡，又頗與白居易種花不同，因而詩的意境更近於陶淵明。後來蘇軾貶居惠州、海南，大量寫作和陶詩，正是以此為起因的。

　　馬正卿：名夢得，杞縣人，太學生。作者曾稱他為馬髯。《東坡志林》："馬夢得與僕同歲月生,少僕八日。是歲生者無富貴人,而僕與夢得為窮之冠。即吾二人而觀之,當推夢得為首。"作者後來在儋州,又曾説馬夢得"白首窮餓,守節如故"。

廢壘無人顧,頹垣滿蓬蒿。
誰能捐筋力,歲晚不償勞。[1]
獨有孤旅人,天窮無所逃。
端來拾瓦礫,歲旱土不膏。[2]
崎嶇草棘中,欲刮一寸毛。
喟然釋耒嘆,我廩何時高![3]

注釋

1   **"廢壘"**四句:荒廢的營壘沒有人管顧,頹垣破壁長滿了蓬蒿。誰願虛捐體力,終年所獲也不夠抵償辛勞。
    廢壘:指舊營地。傳三國時吳、魏曾在此作戰。

2   **"獨有"**四句:獨有孤單的旅居者,困於命運,無所逃避,真的來此清除瓦礫,卻遇上旱年,土地更為瘦瘠。
    孤旅人:作者自稱。**天窮**:天命使之窮困。**端**:果然。

3   **"崎嶇"**四句:艱難勞累在蔓草、荊棘中,想將來割得寸把長的稻禾。不禁放下木耒,喟然嘆息:我的倉廩什麼時候才得充盈!

崎嶇：這裏形容處在艱難困苦狀態。**毛**：指五穀。

耒（lěi）：原始的翻土農具，形如木叉。

> 荒田雖浪莽，高庳各有適。
> 下隰種秔稌，東原蒔棗栗。[1]
> 江南有蜀士，桑果已許乞。
> 好竹不難栽，但恐鞭橫逸。[2]
> 仍須卜佳處，規以安我室。[3]
> 家僮燒枯草，走報暗井出。
> 一飽未敢期，瓢飲已可必。[4]

注釋

1 「荒田」四句：荒田雖然交錯不整，但地勢高下各有適當的
   用處。低下潮濕之處可種秔稻和糯稻，東邊平坦之處可栽
   植棗子、栗子。

   浪莽：放縱貌。**庳**：低下。**下隰**（xí 習）：低濕。**秔**（jīng
   精）**稌**（tú 途）：秔，秔稻；稌，可指秔稻或糯稻。

2 「江南」四句：大江南岸有一位巴蜀人，已答允給我桑果種
   苗。好竹固不難栽植，但恐怕鞭根向橫走得很遠。

   蜀士：指王文甫。王是嘉州犍為人，當時住在黃州對岸
   的武昌，常與作者往還。**鞭**：竹子長在地面的橫根。《竹
   譜》：「鞭多西南行，故謂之東家種竹西家理也。」

3 「仍須」二句：仍要選擇較好的地方，做出房舍規劃，安置

家室。

4　"家僮"四句：家僮舉火燒除枯草，來告知發現了一口泉
眼。要吃個飽還未敢作此希望，有水飲則已經肯定。

暗井：指泉眼。瓢飲：瓢是剖葫蘆做成的舀水用具。《論
語·雍也》："一簞食，一瓢飲。"

潘子久不調，沽酒江南村。

郭生本將種，賣藥西市垣。[1]

古生亦好事，恐是押牙孫。

家有一畝竹，無時容扣門。[2]

我窮交舊絕，三子獨見存。

從我於東坡，勞餉同一飧。[3]

可憐杜拾遺，事與朱阮論。

吾師卜子夏，四海皆弟昆。[4]

注釋

1　"潘子"四句：潘子長久沒有升調，在長江南岸的村子裏賣
酒。郭生本是將門後裔，在黃州的西市賣藥。

潘子：潘丙，字彥明，滎陽人。蘇軾《答秦太虛書》："有
潘生者，作酒店樊口，棹小舟徑至店下，村酒亦醇釅。"

郭生：郭遘，字興宗，汾陽人。喜為輓歌詞，好義。蘇軾
因黃州人溺幼嬰，便辦理育兒會，使郭遘主理其事。

2　"古生"四句：古生也是喜歡多事的俠氣人物，恐怕是古押

牙的子孫。他家種有一畝竹子，無論什麼時候都歡迎客人到來。

古生：古耕道，新平人。家住黃州南坡，有大片竹園。**押牙**：亦作押衙。唐人小說中的俠士古押衙。薛調《無雙傳》載：古押衙用計盜取宮女劉無雙，給王仙客為妻。

3　**"我窮"四句**：我處境窮困，舊交斷絕，獨有這三人時相問訊。和我一起在黃州東坡，勞問饋食就大家一同吃。

三子：指潘、古、郭三人。**存**：勞問。**飧**（sūn 孫）：這裏解釋為不拘束地一起吃。

4　**"可憐"四句**：可憐當日杜甫，每事都與朱老、阮生談論。我當以卜子夏為師，視四海之內的人如同兄弟一樣親切。

杜拾遺：即杜甫。杜詩："梅熟許同朱老吃，松高擬對阮生論。"這裏作者以杜甫自比，以朱、阮比潘等三人。**卜子夏**：孔子學生。曾說："四海之內皆兄弟也。"

宋·趙次公評："八篇皆田中樂易之語，如陶淵明。"

清·紀昀評："八章皆出入陶、杜之間，而參以本色，不摹古而氣息自古。"

正月二十日，與潘、郭二生出郊尋春，忽記去年是日同至女王城作詩，乃和前韻

　　元豐五年（1082）作，蘇軾謫居黃州恰已兩年。正月二十日是詩人不能忘記的日子。第一個正月二十日，詩人在貶來黃州的途中，經春風嶺見梅花；一周年在黃州女王城賦詩（見前）；這時是二周年，再同朋友潘彥明、郭興宗郊遊，想起上一年的詩作，又寫詩和前韻。這詩以謫居生活中相處的良朋野老，酒濃情摯，輕輕抹去了"夢繞雲山心似鹿，魂飛湯火命如雞"的政治挫傷，顯得情懷高曠，也正因情懷高曠而更見人生感慨的深切。

東風未肯入東門，走馬還尋去歲村。[1]
人似秋鴻來有信，事如春夢了無痕。[2]
江城白酒三杯釅，野老蒼顏一笑溫。[3]
已約年年為此會，故人不用賦招魂！[4]

注釋

1　**“東風”二句**：東風沒吹進黃州城，城中不見春色，還須騎馬尋訪去年春遊舊地。唐·王之渙詩“春風不度玉門關”，說關外沒有春色，這裏暗用王的句法。這兩句所說春色不到，實指朝廷還沒有召回之意，因此詩人要去重訪為紀念正月二十日而寫詩的地方。

2　**“人似”二句**：人似秋天的鴻雁，依時南飛，行蹤準信，事情過後卻同春夢醒覺，不留一點痕跡。

　　秋鴻：鴻雁為季候鳥，逢秋南飛。《禮記·月令》說“季秋之月，鴻雁來賓”，故稱為雁信。

　　這一聯是詩人比喻人生、世事的名句。紀昀指出：“三四深警。”辛棄疾《鷓鴣天·和人韻有所贈》詞又翻出新意：“事如芳草春長在，人似浮雲影不留。”

3　**“江城”二句**：江城的白酒，喝上三杯就很夠味，村野老人蒼白的顏容在一笑間顯出了溫馨。

　　釅（yàn 驗）：酒味濃厚。

4　**“已約”二句**：已約好每年在此聚會，故舊們可以在這裏把我召回朝廷去。

　　招魂：《楚辭》有《招魂》篇，為宋玉哀憐屈原被放逐而作。這裏比喻召還朝廷。

　　按：蘇軾在黃州，每年正月二十日均有詩。在寫這詩的下一年，又有《（元豐）六年正月二十日復出東門，仍用前韻》一首。

紅梅三首 （選其一）

　　元豐五年（1082）在黃州作。蘇軾貶黃州，屢詠梅花，寫梅花高潔、幽獨，寄託自己的不合時宜。這詩寫紅梅，專注於梅花的品格，從表（冰容）到裏（寒心），玉潔冰清，毫無媚骨。紅梅雖帶點桃杏的淺紅，決不是迎合時俗，它並未改變霜雪之姿。詩中的紅梅有人的精神面貌，是以人喻物的手法。

　　　　怕愁貪睡獨開遲，自恐冰容不入時。[1]
　　　　故作小紅桃杏色，尚餘孤瘦雪霜姿。[2]
　　　　寒心未肯隨春態，酒暈無端上玉肌。[3]
　　　　詩老不知梅格在，更看綠葉與青枝。[4]

注釋

1　　“怕愁”二句：既怕惹愁，又賦性疏懶，故開花獨遲，自知道冰雪為容，不被時俗賞識。

　　　入時：與時俗相合。

2　　“故作”二句：即使透出一點淡紅的桃杏顏色，仍然是孤高瘦硬的傲寒姿質。

這聯是傳誦名句，被認為是詠紅梅的絕唱。

3　**"寒心"二句：**心坎裏充滿寒意，自不肯追隨凡花媚春作態，只不過酒後酡紅偶然泛上晶瑩的肌膚。

酒暈：酒後的紅暈。

4　**"詩老"二句：**詩翁不知道梅花的品格所在，豈能看綠葉、青枝來區別於桃杏。

詩老：指石曼卿。作者自注："石曼卿《紅梅》詩云：'認桃無綠葉，辨杏有青枝。'"石曼卿的詩意説：把紅梅認作桃花，但沒有綠葉；同杏花相並，則有青枝可以識別。作者認為石曼卿這樣説是不懂得梅花的高格，只從枝葉著眼，所見就淺陋了。**更看：**豈看。

寒食雨二首

　　元豐五年（1082），蘇軾在黃州度過第三個寒食節，感觸很大，發為嘆詠。第一首通過寒食節的雨而寫海棠花落，意在自傷。詩中説海棠被有力者奪去了芬芳，匆匆凋謝，如同少年病後髮白，比擬新穎，詩味清腴。第二首也通過寒食節的雨而極寫境況的冷寞，空庖、寒菜、破竈、濕葦，困境難堪。還有更深一層的感嘆，卻是進不能回朝廷施展抱負，退不能還鄉守先人廬墓，已到了窮途末路。末尾以"死灰吹不起"作結，回到寒食節的題目上來，章法嚴密。作者自書這二詩的傳世墨跡，題為《黃州寒食》。

　　自我來黃州，已過三寒食。
　　年年欲惜春，春去不容惜。[1]
　　今年又苦雨，兩月秋蕭瑟。
　　臥聞海棠花，泥污燕脂雪。[2]
　　暗中偷負去，夜半真有力。[3]
　　何殊病少年，病起頭已白。[4]

注釋

1. **"自我"四句**：我自來到黃州，已度過三次寒食節。年年悼惜春殘，無奈春光拋人而去，並不需要我的悼惜。

   寒食：清明節的上一天為寒食節。作者於元豐三年（1080）二月到黃州貶所，到這時是三遇寒食。

2. **"今年"四句**：今年又遭久雨，接連兩月的春寒天氣，蕭瑟如秋。在愁臥中聽說海棠花謝，污泥上殘紅狼藉。

3. **"暗中"二句**：好花經雨，失卻芳菲，像是被有力者在半夜負之而去，叫人毫無辦法。

   偷負：《莊子·大宗師》："藏舟於壑，藏山於澤，謂之固矣。然夜半有力者負之而走，昧者不知也。"這裏用其語意。

4. **"何殊"二句**：無異於患病的少年，病後起來，頭髮已經衰白。

> 春江欲入戶，雨勢來不已。
>
> 小屋如漁舟，濛濛水雲裏。[1]
>
> 空庖煮寒菜，破竈燒濕葦。[2]
>
> 那知是寒食，但見烏銜紙。[3]
>
> 君門深九重，墳墓在萬里。[4]
>
> 也擬哭窮途，死灰吹不起。[5]

注釋

1. **"春江"四句**：春江水漲將要浸入門內，雨勢仍大，侵襲不止。矮小的屋子像一葉漁舟，飄流在蒼茫煙水中。

四句摹畫了風雨蕭條的荒村景象，有飄泊無依之感。

2　"空庖"二句：庖廚裏沒有別的東西，只好煮些蔬菜，在破竈裏燒一些濕蘆葦。

　　二句可見生活清苦。

3　"那知"二句：原不知今天是什麼時候，看見烏鴉銜著紙錢，才想到是寒食節。

　　紙：指紙錢。自魏、晉以後，民間習用紙錢祭奠。白居易《寒食野望吟》："風吹曠野紙錢飛。"

4　"君門"二句：想回去朝廷，奈君門深達九重；想回故鄉，祖宗墳墓遠隔萬里。

　　九重：《楚辭·九辯》："君之門以九重。"這裏比喻很難回到朝廷。

　　二句寫謫居的處境，進退均有所不能。

5　"也擬"二句：也想學阮籍作途窮之哭，但心如死灰，不能復燃了。

　　窮途：《晉書·阮籍傳》載：阮籍常獨自駕車出行，每到路的盡頭，就引起感慨，痛哭而返。這裏作者自己也說到了窮途。死灰：寒食的紙灰，比喻自己心死，又隱用了韓安國的故事，有雙關意。《漢書》載：韓安國坐法抵罪，為獄吏田甲所辱，安國說道："死灰獨不復燃乎？"獄吏說："燃，則溺之。"作者以韓安國自況，說"死灰吹不起"，就是死灰不復燃，以免再受人"溺"。

《唐宋詩醇》評："二詩後作尤精絕，結四句固是長歌之悲，起四句乃先極荒涼之境，移村落小景以作官舍，情況大可想矣。"

157

南堂五首（選其五）

　　元豐六年（1083）作於黃州。南堂在城南一里的臨皋驛，築於高坡上，俯臨大江，為蘇軾的同年蔡承禧所建。那時蔡為淮南轉運副使，蘇軾有書信答謝他說："臨皋南畔，竟添卻屋三間，極虛敞，便夏，蒙賜不淺。"又有書說："近葺小屋，強名南堂，暑月少舒，蒙德殊厚。小詩五絕乞不示人。"這詩寫在南堂晝寢，爐煙裊裊，簟帳如同煙水，夢醒時竟不知身在何處，掛起窗簾，才驟覺身在江湖。詩平淡自然，而意境幽遠。黃山谷初讀這詩，曾誤以為唐時劉禹錫所作。

> 掃地焚香閉閣眠，簟紋如水帳如煙。[1]
> 客來夢覺知何處，掛起西窗浪接天。[2]

注釋

1　"掃地"二句：掃地焚香，閉上閣門晝寢，竹簟紋似水波，帳子輕密如煙。

2　"客來"二句：有客人來訪，夢醒起來，竟不知身在何處，掛起西窗的簾幕，只看見江上波浪連天。

東坡

元豐六年（1083）在黃州作。東坡，見前《東坡八首》解題。這詩寫黃州東坡月夜清景，風致不凡。蘇軾被貶逐黃州，躬耕東坡，自己走自己的路，不是追隨別人的杖履，雖然腳下坎坷，但鏗然有聲，值得自傲。詩意耐人尋味。

> 雨洗東坡月色清，市人行盡野人行。[1]
> 莫嫌犖确坡頭路，自愛鏗然曳杖聲。[2]

注釋

1 "雨洗"二句：雨後月出，東坡的夜色更覺清新。趕市的人已經散盡，只有自己這樣的山野人踽踽獨行。

   野人：居住山野的人，作者自指。

2 "莫嫌"二句：不要嫌棄山路滿是巨石，坎坷難行，我正喜愛杖履聲鏗然，清越可聽。

   犖确：山石既大且多。**曳杖**：拖引著手杖。

   清·王文誥評："此類句出自天成，人不可學。"

和秦太虛梅花

　　元豐七年（1084）春在黃州作。秦太虛即秦觀，字少游，高郵人。這詩步秦觀梅花詩原韻。秦觀的詩寫憶梅，作者也從憶梅而歸結到貶逐黃州的感嘆。詩中憶述自己抱著愛梅的深情，曾經立馬待到黃昏、月出，與幽獨的一枝相伴；當落梅時節，還醉眠於孤山。但現在潦倒黃州，身為逐客，春隨人來，花送人老，辜負了春光，對此深致感慨。結尾說風雨摧盡落梅，自己還不知道，可見心灰已甚。

　　西湖處士骨應槁，只有此詩君壓倒。[1]
　　東坡先生心已灰，為愛君詩被花惱。[2]
　　多情立馬待黃昏，殘雪消遲月出早。[3]
　　江頭千樹春欲闇，竹外一枝斜更好。[4]
　　孤山山下醉眠處，點綴裙腰紛不掃。[5]
　　萬里春隨逐客來，十年花送佳人老。[6]
　　去年花開我已病，今年對花還草草。[7]
　　不知風雨捲春歸，收拾餘香還昊昊！[8]

注釋

1 **"西湖"二句**：詩人林逋死去已久，他的詠梅詩最為人稱道，只有你這詩壓倒了他。

   西湖處士：指林逋。林逋字君復，號和靖先生，杭州錢塘人。隱居西湖孤山。他的《山園小梅》詩，"疏影橫斜水清淺，暗香浮動月黃昏"一聯，人們認為是詠梅絕唱。**骨應槁**：人死已久。

2 **"東坡"二句**：我已經心事成灰，甚為懶散，只因愛你的梅花詩而更被梅花惹起了煩惱。

   被花惱：杜甫詩："江上被花惱不徹，無處告訴只顛狂。"寫愛花如癡如狂。這裏意同。

3 **"多情"二句**：抱著深情，擬在月下賞梅，停馬等待黃昏到來，殘雪尚未全消，夜月很快升起。

4 **"江頭"二句**：江邊千樹梅花已臨暮春，竹林外面的一株，姿態低斜，不論怎樣總是幽獨可愛的。

   闇（àn暗）：昏晦。春欲闇，即春欲暮。**更**：甚辭，等於說不論怎樣。

   以上四句，"多情立馬"云云，都是寫意，並非紀實。"竹外一枝斜更好"，寫梅花的幽獨閒靜，語平淡而格調高，素稱名句。這句與作者前所寫定惠院外梅花詩"尚有殘梅一枝亞"句，頗相近似。

5 **"孤山"二句**：我也曾醉臥在西湖的孤山之下，看見落梅片片，點綴著山腰的綠草。

   裙腰：指長著綠草的山腰。白居易《杭州春望》詩："草綠裙腰一道斜。"自注："孤山寺路在湖洲中，草綠時，望如

161

裙腰。"

6　**"萬里"二句**：春光沒有拋棄我，從遠方陪伴我放逐來到黃州，年復一年，人已在梅花的開落中老去。句中的"萬里"喻遙遠、"十年"喻歲月飄忽，並非實指。

　　逐客：作者自指。**佳人**：美好的人，這裏作為比興之詞，作者有自傷之意。

　　清·紀昀説這兩句"悲壯似高（適）、岑（參）口吻"。

7　**"去年"二句**：去年花開的時候，我已經在困辱中，今年同梅花相對，也還是滿懷憂思。

　　病：指受到貶謫的困辱。**草草**：憂心。《詩經·巷伯》："勞人草草。"

　　按：《巷伯》一篇是受讒者發洩怨憤的詩，勞人草草是説被讒者的憂思。這裏使用"草草"，極切蘇軾逐客的身份。

8　**"不知"二句**：不知道風雨已席捲殘春歸去，在梅花的零落餘香也交還給上天了。

　　畀（bì 敝）昊（hào 皓）：畀，給予；昊，博大的天。《詩經·巷伯》："投畀有昊。"謂交給上天。

　　秦觀《和黃法曹憶建溪梅花同參寥賦》詩："海陵參軍不枯槁，醉憶梅花愁絕倒。為憐一樹傍寒溪，花水多情自相惱。清淚斑斑知有恨，恨春相逢苦不早。甘心結子待君來，洗雨梳風為誰好？誰云廣平心似鐵，不惜珠璣與揮掃。月沒參橫畫角哀，暗香消盡令人老。天分四時不相貸，孤芳轉瞬同衰草。要須健步遠移歸，亂插繁華向晴昊。"

海棠

元豐七年（1084）在黃州時作。蘇軾詠梅、蘭、牡丹、海棠等詩不少，在詩人的筆下，各種名花都有獨特的品格，他既是寫花，又是寫人。在黃州除了詠定惠院海棠外，這一首又是名作。

東風嫋嫋泛崇光，香霧空濛月轉廊。[1]
只恐夜深花睡去，故燒高燭照紅妝。[2]

注釋

1 **"東風"二句**：東風輕柔地吹來，春光浮動，海棠花明艷照人，在微帶著香氣的薄霧中，透見月亮慢慢轉過了迴廊，夜色已經不早。

嫋嫋：形容風力輕柔。《楚辭·九歌·湘夫人》："嫋嫋兮秋風。"別本或作"渺渺"。清·王文誥認為作者必引用《楚辭》，今從其說。**崇光**：指海棠的光艷。

2 **"只恐"二句**：只怕夜深花枝要睡覺了，故此點燃起長蠟燭，照著艷麗的紅妝。

李商隱《花下醉》詩："尋芳不覺醉流霞，倚樹沉眠日已斜。客散酒醒深夜後，更持紅燭賞殘花。"後兩句寫出惜花的深情。蘇軾從這兩句提煉出"只恐夜深花睡去，故燒高燭照紅妝"，又高出一層，因為海棠知睡，是以物喻人，詩人用高燭相照，又是移情於物，寫得情景交融，達到了物我一體的高度。

別黃州

　　元豐七年（1084）三月，蘇軾奉命從黃州改官離京城較近的汝州（今河南臨汝）團練副使，四月離黃州時作。作者在黃州一住五年，對黃州老父、友朋和地方風物都很有感情，這首留別詩抒寫心情起伏，極為深摯、灑脫。

> 病瘡老馬不任羈，猶向君王得敝幃。[1]
> 桑下豈無三宿戀，樽前聊與一身歸。[2]
> 長腰尚載撐腸米，闊領先裁蓋癭衣。[3]
> 投老江湖終不失，來時莫遣故人非。[4]

注釋

1　**“病瘡”二句**：我像患了瘡疽的老馬，本已不堪驅策，但仍得到君王憐念，給予官職。
　　病瘡：引自杜甫《瘦馬行》詩：“日暮不收烏啄瘡。”**羈**（jī機）：馬絡頭。不任羈，意說廢棄無用。**敝幃**：破帷幕。《禮記・檀弓下》：“敝帷不棄，為埋馬也。”帷與幃通。作者借指皇帝沒有拋棄自己。

2　**“桑下”二句**：久居黃州，豈能沒有留戀之情。喝著別酒，留得一身回去，就不必問世事升沉了。

桑下：《後漢書‧襄楷傳》："浮屠不三宿桑下，不欲久生恩愛，精之至也。"這裏反用其意，説對黃州有了感情。**樽前**：唐‧牛僧孺《席上贈劉夢得》詩："休論世上升沉事，且鬥樽前見在身。"作者將要去汝州，對牛僧孺此詩極有同感。

3　"長腰"二句：這時還吃著長腰飯，就已預先裁好闊領的遮蓋頸瘤的衣服了。

長腰：楚人説"長腰粳米，縮項鯿魚"，均指美食。**撐腸**：飽食。**蓋瘻衣**：汝州食水缺碘，居人多患瘻，即大頸病。歐陽修《汝瘻》詩："傴婦懸甖盎，嬌嬰包卵觳。無由辨肩頸，有類龜縮殼。"梅聖俞詩："女慚高掩襟，男衣闊裁領。"作者想到去汝州後，也可能患瘻。故説先裁好闊領衣，以備蓋瘻。但這是假設之詞，語意謂隨遇而安。

4　"投老"二句：雖然到老還飄泊江湖，終不會彼此相失，將來定不叫老朋友非議。

　　按：末二句是對黃州的友朋表示惜別，並希望將來能夠重聚，而且保持平生所守，不為故人譴責。作者離黃州時，將東坡耕地委託潘彥明，並曾寄書説："東坡甚煩葺治，僕暫出苟祿，終當作主，與諸君游如昔日也。"可以證明。但各家注釋略有參差。清‧王文誥對"投老江湖終不失"一句下按語説："神宗手詔，有'人才實難，不忍終棄'之語，此句之本意也。"他把"終不失"理解為"終不棄"，牽強附會。

166

書李公擇白石山房

元豐七年（1084）四月，蘇軾離黃州，先遊廬山，詩為此時所作。李公擇，名常，建昌（今江西永修）人。神宗、哲宗兩朝，官至御史中丞。與蘇軾交厚。當蘇軾於元豐二年（1079）以詩文得禍入獄時，李公擇受到牽連，以金贖罪，但自此對蘇軾更為親近。他少時讀書於廬山五老峰下白石庵，出仕後仍藏書於此，多達九千卷，稱李氏山房。蘇軾這詩以杜甫寄懷李白的詩句致意李公擇，可見對他極相雅重。

> 偶尋流水上崔嵬，五老蒼顏一笑開。[1]
> 若見謫仙煩寄語，康山頭白早歸來。[2]

注釋

1　**"偶尋"二句**：偶然尋覓流泉而登上高處，蒼翠的五老峰恍似展開笑容迎客。

　　崔嵬：山高貌。漢·司馬相如《上林賦》："崇山矗矗，巃嵸崔嵬。" **五老**：峰名，在廬山之東，懸崖突出，狀如五人羅列。李白《望五老峰》詩："廬山東南五老峰，青天削出金芙蓉。"

2　　**"若見"二句：**如果遇見謫仙人李白，相煩傳語給他，就説："廬山是你讀書的地方，頭已白了，及早回來吧。"作者以人喻物，這是囑託廬山五老的話。

謫仙：指李白。李白在從永王璘以前，曾經居住廬山。這裏借指李公擇。**康山：**即匡山。廬山原名匡廬，宋代因避太祖趙匡胤名諱，改匡為康。杜甫《不見》詩："匡山讀書處，頭白好歸來。"這是對李白説的。這裏用其語意，希望李公擇能夠及早歸隱。

清·紀昀評："本地風光，點染殊妙。"

題西林壁

元豐七年（1084），蘇軾從黃州往汝州，路出九江，遊廬山，在西林寺題壁。廬山，屢見於李白的吟詠：「廬山秀出南斗旁，屏風九疊雲錦張，影落明湖青黛光。金闕前開二峰長，銀河倒掛三石梁。」（《廬山謠寄盧侍御虛舟》）「日照香爐生紫煙，遙看瀑布掛前川。飛流直下三千尺，疑是銀河落九天。」（《望廬山瀑布》）意境壯闊非常。孟浩然也為廬山發出讚嘆：「掛席幾千里，名山都未逢。泊舟潯陽郭，始見香爐峰。」（《晚泊潯陽望廬山》）吐屬極為高遠。蘇軾寫廬山，不用他慣於縱橫馳騁的七古，卻將奇姿異態的廬山納入二十多字的絕句中。他沒有實寫廬山的景色，只總括了遊山的觀感：它是多態的，還沒有認識它的真面目。詩人從認識廬山的面目這一層上，提出了一個關於認識事物的帶有哲理性的問題，即是說，離開了客觀全面，凡是主觀片面，都不能認識事物的真面目。這首詩，歷來被認為是哲理詩。西林寺，是晉時僧人竺曇禪室，後建寺，名西林，宋太平興國年間改稱乾明寺。現仍存有一棟殿宇。

橫看成嶺側成峰，遠近高低總不同。

不識廬山真面目，只緣身在此山中。[1]

注釋

1　**"橫看"四句**：正面望去是層疊交橫的峻嶺，側面一看卻成
了嵯峨插天的奇峰，從遠處、近處、高處、低處各個位置
去看，形態隨處變換，總不相同。為什麼認不清廬山的真
面目？只因為自己置身在山裏面了。

　　橫看成嶺，側看成峰，都是局部和片面；遠近高低所
看到的都只是局部和片面。因為身在山中，受到局限，只能
看到一丘一壑，不可能客觀全面認識廬山。這不獨廬山為
然，認識事物的道理總是這樣。這個哲理，一經詩人通過廬
山的題詠作出回答，使人豁然領悟。詩的後兩句，是被人廣
泛引用的名句。

郭祥正家，醉畫竹石壁上，郭作詩為謝，且遺二古銅劍

　　元豐七年（1084）七月過當塗作。蘇軾長於畫竹，論畫有卓見，主張神似，不求形似，認為"論畫以形似，見與兒童鄰"（《書鄢陵王主簿所畫折枝二首》）。又曾説畫竹"必先得成竹於胸中"（《文與可畫篔簹谷偃竹記》）。這首詩敘寫他在郭祥正家醉吟庵畫竹，簡直是從肝肺中吐出來似的，清楚地描繪出畫家物我合一的態度。黃山谷《題子瞻畫竹石》説："東坡老人翰林公，醉時吐出胸中墨。"詩句所詠就是作者在郭祥正家醉畫的竹石。

　　郭祥正：字功父，當塗人，有詩聲。曾通判汀州、知端州。

空腸得酒芒角出，肝肺槎牙生竹石。¹
森然欲作不可回，吐向君家雪色壁。²
平生好詩仍好畫，書牆涴壁長遭罵。³
不瞋不罵喜有餘，世間誰復如君者？⁴
一雙銅劍秋水光，兩首新詩爭劍鋩。⁵
劍在床頭詩在手，不知誰作蛟龍吼。⁶

注釋

1 **"空腸"** 二句：酒入肚腸，靈感頓生，畫筆鋒芒顯露，姿態槎牙的竹石已先從肝肺裏呈現出來。

   芒角：稜角，鋒芒。梁武帝與陶弘景論書法，曾説："運筆斜則無芒角。"**槎牙**：與杈枒同，形容枝柯歧出。

2 **"森然"** 二句：這時寫畫的意念正盛，不可遏止，就像將胸中的成竹吐出來一樣，寫上了你家雪白的牆壁。

   森然：盛貌。

3 **"平生"** 二句：平生既喜愛書法，又喜愛寫畫，塗污人家的牆壁，長遭責罵。這是故作謙詞。

   涴：污泥沾在物品上。

4 **"不瞋"** 二句：你不怒目相向又不責罵，我喜之不盡，世上還有誰像你這樣的呢？

5 **"一雙"** 二句：你贈我兩把銅劍和兩首詩，劍光亮如秋水，詩篇也精光四射，可與劍爭鋒芒。

   秋水：形容劍光清凝。白居易《李都尉古劍》詩："湛然玉匣中，秋水澄不流。"

6 **"劍在"** 二句：銅劍放在床頭，新詩拿在手上，恍有蛟龍吼聲，但發自銅劍還是詩篇，卻難判別。

   清．紀昀評："奇氣縱橫，不可控制。"

次荊公韻四絕（選其三）

　　元豐七年（1084），蘇軾從黃州移汝州，七月到金陵
（今江蘇南京），訪王安石時作。他們兩人雖然政見不合，但
私交不壞。這次蘇軾來訪，罷相後隱居的王安石已在病中，
"野服乘驢，謁於舟次"（朱弁《曲洧舊聞》）。蘇軾也以野
服見王安石。兩人略脫形跡，同遊了幾天。這詩是步王安石
《薔薇四首》原韻，表現了作者對王安石的品格才學的欽敬。

　　騎驢渺渺入荒陂，想見先生未病時。[1]
　　勸我試求三畝宅，從公已覺十年遲。[2]

注釋

1　**"騎驢"二句**：先生騎著驢，飄然走入渺遠的荒陂，你的形
　　象使我想起你健康的當年。
　　騎驢：《東軒筆錄》說："王荊公再罷政，以使相判金陵，
　　又求宮觀，築第於南門外七里，去蔣山亦七里。平日乘一
　　驢，從數僮遊諸山寺。所居之地，其宅僅蔽風雨。"

2　**"勸我"二句**：你勸我也來這裏經營三數畝的田宅，彼此結
　　鄰終老，我覺得追隨你已經遲了，十年的時間又過去了。

十年遲：王安石第二次罷相隱居，是在熙寧九年，到這時過了整整八年。這裏説十年遲，是約言之。

王安石《北山》詩："北山輸綠漲橫陂，直塹回塘灩灩時。細數落花因坐久，緩尋芳草得歸遲。"

寄吳德仁兼簡陳季常

　　元豐八年（1085）上半年作。這時蘇軾已離開黃州，在泗州等地旅途上，謀求回常州居住。他在黃州數年，尚未見過近在蘄州居住的吳德仁。這首詩向吳德仁致意，將來定然會握手相見，暢敘平生。這作為一首朋友間普通的簡寄詩，本來沒有很深刻的意義，但詩卻寫得機趣橫生，風采華妙，音節琅然。「門前罷亞十頃田」以下四句，清思如泉湧而出，意境高絕，氣韻如流，使人眼前浮現李太白，東坡與之代而為一了。清·查慎行說東坡「筆有仙氣，故是太白後身」，自是確見。

　　吳德仁：名瑛，蘄州蘄春人。承父蔭，官至虞部員外郎。年四十六即休官居鄉。陳季常：即陳慥，號方山子。作者《方山子傳》說他少時使酒好劍，稍壯折節讀書，晚年遯於光、黃間。已見《陳季常所蓄〈朱陳村嫁娶圖〉》詩題解。

東坡先生無一錢，十年家火燒凡鉛。[1]
黃金可成河可塞，只有霜鬢無由玄。[2]
龍丘居士亦可憐，談空說有夜不眠。[3]

175

忽聞河東獅子吼，拄杖落手心茫然。[4]

誰似濮陽公子賢，飲酒食肉自得仙。[5]

平生寓物不留物，在家學得忘家禪。[6]

門前罷亞十頃田，清溪繞屋花連天。[7]

溪堂醉臥呼不醒，落花如雪春風顛。[8]

我遊蘭溪訪清泉，已辦布襪青行纏。[9]

稽山不是無賀老，我自興盡回酒船。[10]

恨君不識顏平原，恨我不識元魯山。[11]

銅駝陌上會相見，握手一笑三千年。[12]

注釋

1　"東坡"二句：東坡先生窮無一錢，煉了十年丹，用俗家的火燒煉"凡鉛"。

　　凡鉛：道家有煉鉛成丹，吃了可以長生的説法。所用的鉛又有類別，道書《雲笈七籤》説：凡鉛"非至藥之源"，就是説凡鉛不能煉成丹。作者意在自嘲，説這不可能成仙。

2　"黃金"二句：儘可誇説能夠煉成黃金，能夠堵塞黃河潰決，只可白髮無從變黑。

　　黃金可成河可塞：方士欒大欺騙漢武帝的謊言。《史記·封禪書》："欒大言：臣之師曰，黃金可成而河決可塞，不死之藥可得，仙人可致也。"玄：黑色。

　　以上四句説煉丹不過是精神上的寄託，各種謊言均不足信，霜鬢不能復玄，就證明不能長生。

3　"龍丘"二句：陳季常居士也很可憐，大談佛經什麼是
　　"空"，什麼是"有"，可以整夜不睡。

　　龍丘居士：陳慥喜談禪，自號龍丘居士。談空說有：佛教
　　指超乎色相現實的境界為"空"。各個派別主張不一，有的
　　主張一切皆空，有的主張非空非有。

4　"忽聞"二句：忽然聽見柳氏夫人一聲怒吼，嚇得丟掉手
　　杖，徬徨無主。

　　河東獅：杜甫有"河東女兒身姓柳"詩句，作者藉以暗指
　　陳慥的妻子柳氏。《獅子吼了義經》說：舍衛國城西的長提
　　村，有一個女子名叫菴提遮，不同凡俗，能夠闡明如是獅
　　子吼了義經。這裏以河東獅吼形容柳氏高聲責罵，戲說陳
　　慥懼內。

　　按：洪邁《容齋隨筆》、蔡絛《西清詩話》均有關於陳慥設
　　聲伎，妻柳氏悍妒的記載，說東坡因以詩戲之。但這兩句
　　的含義仍有不同見解。清人王文誥認為蘇軾和吳德仁未見
　　過面，決不會說起陳慥懼內這樣的事，所謂獅吼，是喻佛
　　法。(獅子吼一詞義為如來正聲)這一說可供參考。

5　"誰似"二句：誰似吳德仁公子這樣好清福，飲酒食肉，聽
　　其自然，自有仙家之樂。

　　濮陽公子：晉時吳隱之是濮陽人，這裏以濮陽公子喻吳德
　　仁，說他的先世自濮陽過江而來。

6　"平生"二句：平生寄情於物而不貪戀物慾，在家生活卻修
　　得忘記家的禪理。

　　寓物、留物：寓物謂寓意於物，是寄興之意。反之則成為
　　留物，即留意於物，也就是為外物所羈。

　　以上是說自己和陳慥的人生態度都比不上吳德仁。

7 "門前"二句：門前稻田十頃，禾穗搖曳，清溪繞過屋舍，栽種了甚多花草。

罷亞：亦作穲稏，禾稻搖動貌。

8 "溪堂"二句：醉倒在溪堂上，喚也不醒，春風勁疾如狂，吹得落花繽紛如雪。

溪堂：在蘄州，即吳德仁隱居處。

以上四句寫吳德仁隱居生活。《吳德仁墓誌》説："有薄田，臨溪築室，種花釀酒，家事一不問。賓客有至者，與之飲，必盡醉。公或醉臥花間，客去亦不問。"可為這幾句做注腳。

9 "我遊"二句：我曾經攜備布襪、青纏腿，遊覽蘄州蘭溪，探訪清泉寺。

蘭溪：在蘄州，流經蘄州城外一里處，築有清泉寺。**青行纏**：行纏又叫行滕，用布纏足至膝部，即現在的纏腿。

10 "稽山"二句：你是隱居蘭溪的高賢，正像唐時稽山住有賀知章一樣，我本擬前來拜訪，但沒有去成。

賀老：賀知章，唐代詩人，玄宗時任秘書監。從辭官回家鄉會稽。賀知章死後，李白有詩憶賀監，其《重憶一首》云："稽山無賀老，卻棹酒船回。"這裏以賀知章比擬吳德仁。

以上四句憶述在黃州時曾遊蘭溪，欲訪吳德仁而未果。《東坡志林》記載説，那時同醫者龐安常遊清泉寺，"寺在蘄州郭門外二里許，有王逸少洗筆泉，水極甘，下臨蘭溪，溪水西流，余作歌。是日劇飲而歸"。興盡回酒船，指此。

11 "恨君"二句：遺憾的是我們彼此還未認識。

顏平原：即顏真卿。唐天寶年間，任平原太守，安祿山反，河朔一帶全陷，只有顏真卿堅守平原。唐玄宗喜道：「朕不識真卿何如人，所為乃得若此。」這裏借玄宗的語氣，以喻吳德仁未認識自己。**元魯山**：即元德秀，字紫芝，唐時人。曾任魯山令。蘇源明對人説：「吾不幸生衰俗，所不恥者，識元紫芝也。」這裏以元魯山比擬吳德仁。

12　**「銅駝」二句**：我們終久定會相遇，即時握手一笑，大可以説，彼此神交已三千年了。

銅駝陌上：洛陽有銅駝街，俗語説：「金馬門外聚群賢，銅駝陌上集少年。」意指人物眾盛。這裏借用其人物聚集的意思，表示與吳德仁終當相會。**三千年**：這裏有相見恨晚之意。韓愈《雙鳥詩》：「還當三千秋，更起鳴相酬。」三千年一詞在詩中是概言時間悠長。

題王逸少帖

元豐八年（1085）作。東晉書法家王羲之，字逸少，琅琊臨沂人。早年從衛夫人學書，後改變初學，草書學張芝，正書學鍾繇，並博採眾長，精研體勢，一變漢、魏以來質樸的書風，成為妍美流便的新體。蘇軾極推崇王羲之書法，墨妙亭一詩開頭就說"蘭亭繭紙入昭陵，世間遺跡猶龍騰"，這首題帖詩更給予王羲之書法最高評價。蘇軾詩長於比喻，這裏說顛張醉素的狂草，對王羲之來說，如同市娼之於名門閨秀，雖似過刻，但顯示了觀點鮮明的比喻手法。

顛張醉素兩禿翁，追逐世好稱書工。[1]
何曾夢見王與鍾，妄自粉飾欺盲聾。[2]
有如市娼抹青紅，妖歌嫚舞眩兒童。[3]
謝家夫人澹丰容，蕭然自有林下風。[4]
天門蕩蕩驚跳龍，出林飛鳥一掃空。[5]
為君草書續其終，待我他日不悤悤。[6]

注釋

1. **"顛張"二句**：張旭和懷素兩個禿翁，投合時尚以工於草書著稱。

   顛張醉素：唐書法家張旭和懷素。張旭，字伯高，吳人。書法長於狂草，往往在大醉後呼喊狂走，然後落筆，人稱張顛。懷素，僧人，字藏真，本姓錢，長沙人。亦善狂草。好飲酒，興到運筆，如驟雨旋風，飛動圓轉。前人評其狂草繼承張旭，謂"以狂繼顛"，合稱"顛張醉素"。張旭禿髮、懷素出家落髮，故戲稱兩禿翁。

2. **"何曾"二句**：他們哪能追蹤王羲之和鍾繇，卻妄自做些粉飾功夫，欺騙不懂書法的人。

   王與鍾：王羲之與鍾繇。鍾繇為三國魏大臣，書法家，字元常，潁州長社人。書法兼善各體，尤精於隸、楷，結體樸茂，出乎自然，形成了由隸入楷的新貌。世以"鍾王"並稱。

3. **"有如"二句**：這好像市街的娼妓抹得一臉庸脂俗粉，賣弄色情，眩惑無知少年。

   妖歌嫚舞：妖媚的歌舞。

4. **"謝家"二句**：王羲之的書法如同名門閨秀謝道韞，脫盡凡俗，身份迥然不同。

   謝家夫人：指謝道韞，是謝安的姪女，王凝之的妻子。《世說新語・賢媛》稱她"神情散朗，故有林下風氣"。這裏以王羲之的書法比為名門閨秀，特與上兩句的賣俏市娼相對照，從而分出清俗。

5. **"天門"二句**："龍躍天門"的雄強字勢，足以把有"出林

181

飛鳥"稱譽的張旭書法一掃而空。

跳龍：梁武帝評王羲之書法如"龍躍天門，虎臥鳳閣"，此用其意。**出林飛鳥**：《書評》說張旭草書如"驚蛇入草，飛鳥出林"。

6　**"為君"二句**：給你的法帖續完草書，要待我來日不太匆忙的時候。

續其終：續成完本。從詩意推斷，作者所題王羲之帖可能是缺了末尾的殘本。**怱怱**：即匆匆。《書苑菁華》說，張芝，善草書，與人作書常說："匆匆不暇，草書。"這句話意味著草書並不是揮筆立就，而要有充分的時間用神細寫。所以作者說要等到"不怱怱"的時候才能"草書續其終"。紀昀也指出蘇軾"題此詩必作行楷，故有此二句"。

　　按：張旭狂草逸勢奇狀，連綿回繞，具有新風格。顏真卿曾向他請教筆法。李白詩歌、裴旻舞劍與張旭草書，時稱三絕。懷素繼承了張旭狂草，雖多變化，而法度具備。他們對後來的影響都很大。蘇軾喜愛鍾繇、王羲之，貶抑張旭、懷素，認為有清俗之分。清人王文誥在這詩下按語說："顛張醉素，書家魔道，貶之自是特識。"可見張旭和懷素的狂草，並不一致受人讚好。但這也不能否定張旭、懷素在中國書壇上的地位。

書林逋詩後

　　元豐八年（1085）作。林逋，字君復，宋錢塘人。隱居西湖孤山，二十年不入城市。工行書，其詩平淡幽遠。不娶，種梅養鶴以自娛，因有“梅妻鶴子”之稱。卒諡和靖先生。據《江村銷夏錄》說：蘇軾“此詩墨跡，紙本，林詩凡五首”。這詩未寫林逋之前，先寫杭州人都有湖山秀氣，恍如未睹佛像，先見圓光，筆法高超。作者未及見林逋生時，詩說曾經夢見，足見十分傾倒。林逋的詩歌、書法，特別是平生高節，都在這詩中得到評價和推重。

吳儂生長湖山曲，呼吸湖光飲山綠。
不論世外隱君子，傭兒販婦皆冰玉。[1]
先生可是絕俗人，神清骨冷無由俗。[2]
我不識君曾夢見，瞳子瞭然光可燭。[3]
遺篇妙字處處有，步遶西湖看不足。[4]
詩如東野不言寒，書似留台差少肉。[5]
平生高節已難繼，將死微言猶可錄。[6]
自言不作封禪書，更肯悲吟白頭曲。[7]

我笑吳人不好事，好作祠堂傍修竹。[8]

不然配食水仙王，一盞寒泉薦秋菊。[9]

注釋

1　**"吳儂"四句**：吳人生長在西湖山水深隱的地方，深受湖山秀氣的感染，不論是隱居避世的君子，或是傭工、負販的男婦，都清如冰玉。

　　曲：深隱。**山綠**：山色。

　　四句說杭州是山水名區，人物清秀，用以襯起林逋。

2　**"先生"二句**：林逋先生可不是與世俗隔絕的人，然而丰神清朗，骨傲如冰，自不會流於庸俗。

　　先生：指林逋。

3　**"我不"二句**：我未及親見先生，但想念所至，見於夢裏，他雙眸炯然有光，十分明察。

4　**"遺篇"二句**：遺詩墨跡流傳很廣，在西湖走一遍就欣賞不完。

5　**"詩如"二句**：詩筆似孟東野，但沒有他的寒素氣；書法似李建中，而較為瘦硬。

　　東野：即唐代詩人孟郊。孟寫詩不求藻飾，而感情真實。作者曾有"郊寒島瘦"之評，即孟郊之詩寒，賈島之詩瘦。

　　留台：指宋初書法家李建中。李曾任西京留司御史台職務，人稱李西台。書法遒勁渾厚，有唐人風韻。

6　**"平生"二句**：一生高風亮節已難於效法，死前所說含意深微的話，尚堪記述。

微言：精微之言。

7 **"自言"二句**：你説從來不寫《封禪書》，足見不慕官爵，又豈肯貪求財色。

封禪書：作者自注："逋臨終詩云：'茂陵他日求遺草，猶喜初無封禪書。'"漢時司馬相如老病，家居茂陵，將所寫書一卷交給妻子，説如有使者來取書，就交給朝廷。漢武帝知相如病危，果然派人來取書，使者到時，相如已死。這卷書所談是有關封禪的事。林逋臨終時表明平生不求爵祿。**白頭曲**：這也是司馬相如的故事。作者手書這時的墨跡自注説："司馬長卿欲娶富人女，文君作《白頭吟》以誚之。"這裏從司馬相如的《封禪書》而帶出文君的《白頭吟》，説明林逋不學司馬相如的為人，足見他的高潔。

8 **"我笑"二句**：我笑吳人不喜歡多事，應當好好地為林逋建祠在西湖的竹林幽處。

9 **"不然"二句**：如不建祠堂，也當配祀在水仙王廟，供以一盞清酒和一束秋菊。

作者自注："湖上有水仙王廟。"廟原在西湖第三橋北，後不存。

寒泉：指酒。

歸宜興，留題竹西寺三首

　　蘇軾從黃州奉命移汝州，途次泗州，上表乞求到常州居住。當續行到南都商丘時，得到神宗詔旨允准，於是掉轉船頭，回常州宜興。這組詩作於旅途，元豐八年（1085）五月一日題寫在揚州竹西寺。結束了七年放逐生活，如釋重負，詩中流露了輕快情緒。蜀岡井水，可當鄉味，妙筆點綴，極有情致。第三首末兩句，數年後又被攻擊，費了一番辯白，宦途風險正多，還不能遽説"此生已覺都無事"。

　　十年歸夢寄西風，此去真為田舍翁。[1]
　　剩覓蜀岡新井水，要攜鄉味過江東。[2]

注釋

1　"十年"二句：這十年間回蜀的鄉思，只能在夢中追逐西風而去，這一次到宜興倒真的要做田舍翁了。

　　田舍翁：熙寧七年（1074）作者離杭州通判任時，曾在常州宜興買田。他上給神宗的《乞常州居住表》説："臣有薄田在常州宜興縣，粗給饘粥。"所以這裏説到宜興做田舍翁。

2　"剩覓"二句：多汲取蜀岡的井水，應帶些鄉味過江東去。

　　剩覓：多覓。**蜀岡**：在揚州，即竹西寺所在。岡上有井，水味如蜀江，故名蜀岡。陸羽評蜀岡井為"天下第五泉"。

　　鄉味：作者蜀人，以蜀岡井水當鄉味，有慰情聊勝之意。

　　江東：指常州。

　　道人勸飲雞蘇水，童子能煎鶯粟湯。[1]

　　暫借藤床與瓦枕，莫教辜負竹風涼。[2]

注釋

1　"道人"二句：竹西寺的僧人、小童都很親熱，既勸我飲雞蘇水，又忙著煮鶯粟湯。

　　雞蘇：草藥名。《本草綱目》："水蘇，一名雞蘇。"**鶯粟**：《本草綱目》："鶯粟名罌子粟，一名米囊子。""中有白米，極細，可煮粥。"蘇轍詩："罌小如罌，粟細如粟。研作牛乳，烹為佛粥。柳槌石鉢，煎以蜜水。便口利喉，調肺養胃。"

2　"暫借"二句：趁這裏竹風涼爽，借了藤床、瓦枕，快意地睡它一覺。

　　此生已覺都無事，今歲仍逢大有年。[1]

　　山寺歸來聞好語，野花啼鳥亦欣然。[2]

注釋

1　"此生"二句：此生已覺得安靜無事，今歲又逢著五穀豐登的大好年成。

大有年：年景大好。《穀梁傳·宣公十六年》："五穀大熟，為大有年。"

2　"山寺"二句：從山寺歸來，聽到了使人高興的好話，覺得沿路野花啼鳥也是歡欣的。

清·王文誥評："公流竄七年，至是喘息稍定，勢不能無欣幸之意，此三詩皆發於情之正也。故其意興灑落，倍於他詩。"

　　按：蘇軾這詩寫於五月，神宗於三月逝世，為時不久。後在元祐六年（1091），御史賈易為了排擠蘇軾兄弟，以這詩為話題，彈劾蘇軾"元豐末在揚州聞先帝厭代，作詩，無人臣禮"。所指是"山寺歸來聞好語，野花啼鳥亦欣然"句，說他不應因皇帝死而感到高興。蘇軾的辨詩札子作如下解釋："是歲三月六日聞先帝遺詔，舉哀掛服了當，迤邐往常州。至五月初，因往揚州竹西寺，見百姓父老十數人道旁笑語，一人以手加額云：見說好箇少年官家。臣實喜聞百姓謳歌吾君之子，出於至誠。又是時臣初得請歸耕常州，蓋將老焉。而淮浙間所在豐熟，因作詩云云。"

惠崇春江晚景二首（選其一）

　　惠崇，北宋畫家，僧人。建陽（今屬福建）人，一作淮
南人。善詩，為宋初"九詩僧"之一。工畫鵝、雁、鷺鷥，
尤擅繪寒江遠渚，有瀟灑虛擴景象，人稱"惠崇小景"。王
安石有詩稱讚説："畫史紛紛何足數，惠崇晚出吾最許。"
蘇軾題詠惠崇《春江晚景》圖，作於元豐八年（1085）。這
是二首之一，從詩意看，當是一幅戲鴨小景。原畫已失傳，
詩人所詠卻是詩中有畫，萬口流傳，被稱為"上上絕句"，
讀後就好像看到原畫一樣。

> 竹外桃花三兩枝，春江水暖鴨先知。[1]
> 蔞蒿滿地蘆芽短，正是河豚欲上時。[2]

注釋

1　"竹外"二句：綠竹外邊綴上三兩枝嫣紅的桃花，鴨子在回
　　暖的江水中戲逐，最先感到了春天的氣息。

2　"蔞蒿"二句：青翠的蔞蒿長滿了水邊的低處，蘆筍的嫩芽
　　剛好破土而出，這正是肥美的河豚將要隨潮水湧上春江的

時候。

蔞蒿：春天生長在低地的野草，細嫩的可用以煮魚羹。**蘆芽**：蘆葦的嫩芽，也叫蘆筍，可食。**河豚**：魚名，古稱為鮐，或稱鯸，生長於海。小口大腹，背青腹白，有斑紋。春天入江河上游，漁人叫作"搶上水"，這時候最為肥美。由於各地距海有遠近差異，食河豚的時間也先後不同。宋時，江淮人喜用蔞蒿、蘆芽煮河豚魚羹。蘇軾詩曾讚河豚腹腴味美，可見他是喜歡吃河豚的。他從畫上的春江景色——蔞蒿滿地，蘆芽破土，聯想到河豚上水，意趣盎然。

西太一見王荊公舊詩，
偶次其韻二首

元祐元年（1086），蘇軾在朝，任翰林學士，知制誥。立秋，奉敕致祭西太一宮神壇，看到宮內舊日王安石的題壁詩二首。王安石已先在這年四月逝世，新喪未久，詩人感念平生，作詩次韻。這一年是所謂"元祐更化"時期，即是在司馬光當政之下，起復守舊派，全面廢除王安石在熙寧一朝推行的新法。蘇軾雖曾反對新法，但對於司馬光等人"專欲變熙寧之法，不復較量利害，參用所長"的倒退措施，持有不同態度。他的次韻詩，對王安石身後表示了傷感。

西太一：宮名。供太一神。建於仁宗天聖七年（1029），位於宋京城八角鎮。每年立秋致祭。

秋早川原淨麗，雨餘風日清酣。

從此歸耕劍外，何人送我池南？[1]

注釋

1　"秋早"四句：秋初的山川原野明淨而秀麗，雨後的空氣、陽光清新而甜暢。這景色多麼叫人懷念鄉土，可是，此後歸耕巴蜀，還有誰遠送我到池南的回鄉路上？

劍外：劍閣之外，指蜀地。四川劍閣縣北有小劍山和大劍山，故稱劍閣。杜甫《恨別》詩：「草木變衰行劍外。」**池南**：池陽之南，指入川的道路。池陽是古縣名，故城在今陝西涇陽縣西北。

這首次韻詩，意在追念王安石，輕輕地從西太一宮的秋郊美景入題，後兩句筆鋒頓轉，想到今後歸耕，少了個送別的人。思憶王安石的情懷流露得很自然而又不著痕跡。王安石在罷政後，曾約過蘇軾也到金陵居住，結鄰終老，詩人為此寫過「勸我試求三畝宅，從公已覺十年遲」之句，這裏說「何人送我池南」，便有將王安石看做最知道自己心事的人的深意。

> 但有樽中若下，何須墓上征西。[1]
> 聞道烏衣巷口，而今煙草萋迷！[2]

注釋

1　「但有」二句：只要樽中有美酒，就足以自娛，何須再求身後的名聲。

　　若下：吳興縣的若溪有上若村和下若村，下若村水釀酒很美。這裏以若下指美酒。**墓上征西**：曹操的故事。曹操初時從都尉升為典軍校尉，還沒有奪取天下的奢想，只希望再立軍功，博取封侯，做征西將軍，死後得以在碑上題「漢故征西將軍曹侯之墓」。事見《三國志‧魏武紀》注。這裏以墓上征西比喻身後留名。

2 **「聞道」二句**：金陵烏衣巷，王、謝兩族盛時何等烜赫，現在是滿眼荒煙野草，景象全非。

烏衣巷：東晉時王、謝兩大世族在金陵的第宅所在地，位於今南京市東南。唐時，劉禹錫《金陵懷古》詩寫出了烏衣巷的盛衰變化：「朱雀橋邊野草花，烏衣巷口夕陽斜。舊時王謝堂前燕，飛入尋常百姓家。」因王安石罷政後居住在金陵，作者故用烏衣巷為喻，說王安石抒展抱負的時候已經過去，人亡物換，門庭衰落了。**薺迷**：草多，視野迷茫。

清‧紀昀評：「六言難得如此流利。」

王安石《題西太一宮壁二首》原詩：「柳葉鳴蜩綠暗，荷花落日紅酣。三十六陂春水，白頭想見江南。」「三十年前此地，父兄持我東西。今日重來白首，欲尋陳跡都迷。」宋‧王十朋說蘇軾「見此兩絕，注目久之，曰：『此老野狐精也。』遂和之。」所稱野狐精，是讚嘆之詞，蘇軾另讀到王安石的《桂枝香‧金陵懷古》詞時，也說過「此老乃野狐精也」的話。

書晁補之所藏與可畫竹三首

　　蘇軾畫竹學自文與可。他的《文與可畫篔簹谷偃竹記》，指出畫竹不能專在 "節節"、"葉葉" 上下功夫，"必先得成竹於胸中，執筆熟視，乃見其所欲畫者，急起從之，振筆直遂，以追其所見，如兔起鶻落，少縱則逝矣"。晁補之也有詩說："與可畫竹時，胸中有成竹。" 他們對文與可的藝術創作都很了解。這組詩寫於文與可死後。第一、二首寫文與可畫竹時妙思入神，故能勁似龍蛇，與庸筆把竹畫成風中之柳迥然不同。末一首說晁補之無意中得畫，正合了自己所說的 "可使食無肉，不可使居無竹" 的話，故作戲語，實為稱賞晁補之貧而不俗。詩寫於元祐二年（1087）。

　　晁補之：字無咎，濟州鉅野人。工詩。在杭州以文謁蘇軾，由此知名。這時與作者同官在京。文與可：即文同，號笑笑先生，北宋畫家，梓州永泰（今四川鹽亭東）人。善畫墨竹，創深墨為面，淡墨為背的畫法。被命知湖州，未到任而死。後世畫竹者學他的很多，有 "湖州竹派" 之稱。

與可畫竹時，見竹不見人。

豈獨不見人，嗒然遺其身。[1]

其身與竹化，無窮出清新。[2]

莊周世無有，誰知此疑神？[3]

注釋

1　"與可"四句：文與可畫竹的時候，心目中只有竹，不知道
　　還有旁人。豈獨見不到旁人，連自己也漠然忘記了。
　　嗒然：神情冷漠、沮喪。《莊子・齊物論》："嗒然似喪其
　　偶。"據成玄英疏，嗒然是"身心俱遺，物我雙忘"的境
　　界。這裏用其語意。

2　"其身"二句：他自己同竹子似已化而為一，因而所畫的
　　竹，意境清新，從不沿襲舊套。

3　"莊周"二句：世上已無莊周，誰能理解用心專注而得神似
　　的道理？
　　莊周：戰國時蒙（在今河南商邱縣）人。道家學派的代表
　　人物。**疑神**：用心專注因而神似。《莊子・達生》："用志不
　　分，乃疑於神。"作者指出這個"疑"字，古語作似字解。

若人今已無，此竹寧復有？[1]

那將春蚓筆，畫作風中柳。[2]

君看斷崖上，瘦節蛟蛇走。[3]

何時此霜竿，復入江湖手？[4]

注釋

1　"若人"二句：文與可已經去世，哪能再有這樣的畫竹？

　　若人：此人，指文與可。元豐二年（1079），文與可死於
陳州。

2　"那將"二句：奈何將拙劣的畫筆，把竹子畫成搖曳風中的
弱柳。

　　那將：奈將。春蚓：喻筆法拙劣。

3　"君看"二句：你看危崖絕壁上，竹節蒼瘦有力，如同龍蛇
走動。

4　"何時"二句：什麼時候手攀這樣的霜竹，歸老江湖？

　　霜竿：染滿風霜的竹。

　　二句謂看了文與可的畫，引起歸老江湖之感。

晁子拙生事，舉家聞食粥。[1]

朝來又絕倒，誤墨得霜竹。[2]

可憐先生盤，朝日照首蓿。[3]

吾詩固云爾，可使食無肉。[4]

注釋

1　"晁子"二句：晁補之不善於營生，聽説一家食粥度日。

　　生事：生計。

2　"朝來"二句：這天卻是極之可笑，給人作墓誌吹噓死人，
　　而得到文與可畫竹作為酬謝。

　　絕倒：俯仰大笑。諛墓：墓誌的內容都是説死者的好話，
　　因此作墓誌稱為"諛墓"。

3　"可憐"二句：晁先生的菜盤多麼可憐，清早的陽光照見盤
　　子裏裝了苜蓿。

　　苜蓿：蔬菜類食物。這裏意説盤中無肉。

4　"吾詩"二句：我的詩本曾説過：寧可在生活上沒有肉食。
　　作者自注："吾舊詩云：'可使食無肉，不可使居無竹'。"
　　（《於潛僧綠筠軒》）

書李世南所畫秋景二首 （選其一）

　　元祐二年（1087）在京師作。李世南，字唐臣，安肅
人，善畫山水。與作者同時。作者所題李世南《秋景平遠》
圖，分兩軸，前三幅為寒林，後三幅為平遠。畫已不傳。原
詩三首，今得二首。這一首從平遠的畫境著筆，充滿了秋
意。岸邊見到水落的痕跡，自不同於春江潋灩；林木蕭疏，
正是秋天落葉景象。黃葉村是虛寫，並非畫中所有。"家在
江南黃葉村"，這一句將畫境推向無限深遠，為原畫開拓了
新的意境。

　　野水參差落漲痕，疏林攲倒出霜根。[1]
　　扁舟一櫂歸何處？家在江南黃葉村。[2]

注釋

1　**"野水"二句**：江水漸落，岸邊留下了參差不一的漲痕。一
　　簇疏林，樹幹攲斜，飽受霜侵的樹根露出地面。
　　攲（qī 七）：通欹，傾斜。

2　**"扁舟"二句**：一葉輕舟，一根船槳，回去哪裏？家就住在

江南，這時正黃葉滿村。

櫂：同棹，船槳。

按：宋·鄧椿（字公壽）《畫繼》載這詩，"扁舟一櫂歸何處"一句，"扁舟"作"浩歌"，說："浩歌字，雕本皆以為扁舟，其實畫一舟子，張頤鼓枻，作浩歌之態，今作扁舟，甚無謂也。"清人高步瀛認為："扁舟字勝，鄧公壽說似泥。"

書鄢陵王主簿所畫折枝二首 （選其一）

蘇軾對於詩、書、畫，都以"意"作為統率。"論畫以形似，見與兒童鄰"，寫畫主張神似，實即寫意，這是對"逼真畫"的革命。"詩畫本一律"，又説明詩和畫都應要求意境的美。他對於書法則説"苟能通其意，常謂不學可"（《和子由論書》），"我書意造本無法，點畫信手煩推求"（《石蒼舒醉墨堂》）。可見他以"意"為美學準則。中國書法為國畫提供了技術手法，詩句則構成國畫的意境。"士人畫"尤其如此。這首詩是蘇軾論畫的卓見。詩作於元祐二年（1087），時在京師。

王主簿：名不詳。折技：花卉畫的表現形式之一。畫花卉不畫全株，只畫連枝折下來的部分，故名。

論畫以形似，見與兒童鄰。[1]

賦詩必此詩，定非知詩人。[2]

詩畫本一律，天工與清新。[3]

邊鸞雀寫生，趙昌花傳神。[4]

何如此兩幅，疏淡含精勻。[5]

誰言一點紅，解寄無邊春。[6]

注釋

1   **"論畫"** 二句：評論畫法專以形似為標準，見解幼稚，與兒童差不多。

2   **"賦詩"** 二句：賦詩一味拘執於題目的意思，定然不是懂得詩的人。

3   **"詩畫"** 二句：詩和畫的創作道理本都一樣，應講求自然和清新。

    天工：自然形成的工巧，對人工而言。

4   **"邊鸞"** 二句：邊鸞畫雀，栩栩如生，趙昌畫花，能表現出精神意態。

    邊鸞：唐畫家，長安人，長於花鳥折枝。**趙昌**：北宋畫家，字昌之，蜀人。多作折枝花，精於敷彩，明潤勻薄而色若堆起。自號"寫生趙昌"。

5   **"何如"** 二句：怎似這兩幅折枝花，疏而不繁，色澤雅淡，筆法極為精到、勻稱。

    兩幅：指王主簿所畫折枝。

6   **"誰言"** 二句：誰說只是那麼一點兒春花，但它會寄託著無邊春色。

    一點紅：指畫上的春花。

戲書李伯時畫御馬好頭赤

元祐三年（1088）在京師作。北宋畫家李伯時，名公麟，號龍眠居士，舒州舒城（今屬安徽）人。擅繪人物、鞍馬。與作者有深交。據周密《雲煙過眼錄》載李伯時《天馬跋》説："元祐二年十二月二十三日，於左天駟監，揀中秦馬好頭赤，九歲，四尺五寸。"李伯時在這時繪畫了好頭赤，稍後即由蘇軾題詩。這詩借詠馬寄託感慨。同是秦馬，被用作戰馬，食粗糲，體飢瘦，但能出入戰陣立功；被收為御馬，雖養得很肥，只能在儀仗中站隊做擺設而已。作者曾經貶謫在外，如同戰馬，這時召回京師做近臣，又如同廐馬。末後説得更深刻，説廐馬到了無用的時候，還得作為六畜處理，被人吃掉。

山西戰馬飢無肉，夜嚼長楷如嚼竹。[1]
蹄間三丈是徐行，不信天山有坑谷。[2]
豈如廐馬好頭赤，立仗歸來臥斜日。[3]
莫教優孟卜葬地，厚衣薪樞入銅歷。[4]

注釋

1　"山西"二句：軍中的山西戰馬飢瘦無肉，夜裏咀嚼稻稭像
　　嚼竹子一樣。

　　山西戰馬：舊指崤山或華山以西地區為山西，古屬秦地，
　　亦稱秦中。秦馬以善於臨陣作戰著稱。**稭**：稻稭或高粱稭。

2　"蹄間"二句：但行走起來，四蹄間一跨三丈，還算是緩
　　步，超越天山的坑谷，如履平地。

　　蹄間三丈：戰國時張儀說："秦馬之良，戎兵之眾，探前趹
　　後，蹄間三尋騰者，不可勝數。"八尺為一尋，秦中良馬
　　多能跨躍三尋。此說蹄間三丈，是約言之。**天山**：即祁連
　　山。

3　"豈如"二句：哪裏比得上養在御廄——天駟監裏的秦馬好
　　頭赤，在儀仗隊裏站了一會回來，天還未黑就得到休息。

　　廄馬：指御馬。**立仗**：在儀仗隊中站立。

4　"莫教"二句：可不要叫優孟替它選擇葬地，用柴火烤熟，
　　作為肉食放在銅歷上。

　　優孟：戰國時楚優人，名孟。有辯才，長諷刺。據《史記·
　　滑稽列傳》載：楚莊王有一匹愛馬，病肥而死，想用大夫
　　之禮下葬。優孟知道後，入殿門大哭，楚莊王驚問原因，
　　優孟說：用大夫禮還嫌薄葬，應用人君禮葬牠。楚莊王謝
　　過，問他該怎樣處理？優孟說應用六畜之禮葬牠，辦法是
　　"以壠竈為椁，銅歷為棺，齎以薑棗，薦以木蘭，祭以粳
　　稻，衣以火光，葬之於人腹腸"。就是將馬吃掉。**厚衣**：
　　即"衣以火光"，用柴火燒牠。**櫾**（yǒu 有）：燒烤。**銅歷**：
　　鬲，古時烹飪用具。

書王定國所藏《煙江疊嶂圖》

作者自注："王晉卿畫。"

　　蘇軾許多題畫詩，表現手法層出不窮，有通篇不接觸到畫，只用一句或甚至一字點到了畫，又立即宕開的（如《書晁説之考牧圖後》）。這篇卻是用細緻的筆觸，寫出了畫中的蒼崖絕谷，飛泉林石，小橋野店，江上漁舟的整個佈局，有鮮明的立體感，達到了"詩中有畫"。詩清而氣雄，節奏入妙，極盡變化能事。全篇從畫中景色想到買田歸隱，緊接著即寫黃州，以自己未能再回黃州，同武陵人未能再到桃花源相比擬，意極新穎。末後仍歸結到看畫，結構謹嚴。這詩寫於元祐三年（1088）。作者當時在京師任翰林學士，卻想到還不如過去貶居黃州為好，這是受到新舊兩黨的攻擊，不安於位的緣故。這期間他的《戲書李伯時御馬好頭赤》詩，也有很大感慨，可以並讀。

　　王定國：即王鞏（見《百步洪》注）。王晉卿：即王詵，英宗女蜀國公主駙馬，工詩善畫。與蘇軾友善。蘇軾貶黃州時，王詵受牽連，謫武當。

江上愁心千疊山，浮空積翠如雲煙。山耶雲耶遠莫知，煙空雲散山依然。[1]但見兩崖蒼蒼暗絕谷，中有百道飛來泉。縈林絡石隱復見，下赴谷口為奔川。[2]川平山開林麓斷，小橋野店依山前。行人稍度喬木外，漁舟一葉江吞天。[3]使君何從得此本，點綴毫末分清妍。[4]不知人間何處有此境，徑欲往買二頃田。[5]君不見武昌樊口幽絕處，東坡先生留五年。[6]春風搖江天漠漠，暮雲卷雨山娟娟。[7]丹楓翻鴉伴水宿，長松落雪驚醉眠。[8]桃花流水在人世，武陵豈必皆神仙？[9]江山清空我塵土，雖有去路尋無緣。[10]還君此畫三嘆息，山中故人應有招我歸來篇。[11]

注釋

1　"江上"四句：這幅畫含有《江上愁心賦》的意境，山巒層層疊疊，翠色橫空，如雲煙縹緲。究竟是遠山還是雲，分辨不清，煙消雲散後，它依然是山。

　　江上愁心：《唐文粹》張說《江上愁心賦》："江上之峻山兮，鬱崎嶬而不極。雲為峰兮煙為色，欻變態兮心不識。"

　　四句總括全畫，筆法神妙多變化，山勢是動態而不是靜態的。

2　"但見"四句：只看見兩座蒼崖之間幽暗的絕谷，無數懸泉掛瀑自空飛下。泉瀑縈繞樹林、岩石，或隱或現，瀉到谷口形成奔流的河川。

3 **"川平"四句**：川流平靜，山勢開朗，樹林也到了盡頭，這裏有小橋、野店依傍在山前。行人剛好走出高樹的外面，前臨大江，飄流著一葉漁船，江水浩渺無際，勢若吞天。

以上八句細寫畫幅的構圖。

4 **"使君"二句**：你在哪裏得到這畫本，毫端點染清新妍麗。

使君：指王定國。

5 **"不知"二句**：不知道人間哪兒才有這樣的勝境，我簡直想去買兩頃田居住下來。

以上四句點出歸隱的想望。

6 **"君不見"二句**：你可知武昌樊口最幽僻的地方，我曾經一住五年。

樊口：與黃州隔江相對。這裏回憶謫居黃州的情景。

7 **"春風"二句**：春日風動江波，長空廣漠。夏天暮雨初晴，山色非常娟美。

漠漠：廣佈貌。**卷雨**：雨霽。**娟娟**：明媚。

8 **"丹楓"二句**：秋日楓林紅透，歸鴉翻飛，止宿在水邊。天寒時節，松梢飄雪，蔚為奇景，醉臥起來為之驚嘆。

以上四句分寫黃州四時景色。

9 **"桃花"二句**：桃花源的流水本是人間的勝境，武陵人何必盡是神仙？

桃花流水：引用陶淵明《桃花源記》所寫的景色，比擬黃州。李白詩："桃花流水窅然去，別有天地非人間。"這裏反用其意，說明《煙江疊嶂圖》的幽勝並非畫中才有，而是人間所實有。**武陵**：《桃花源記》寫武陵漁人發現了桃花源。

10 "江山"二句：江山清幽空闊，而我困在塵垢中，世外桃源雖然有路，可惜無緣前往。《桃花源記》說武陵人從桃花源回來後，再去尋訪，不復得路。這裏翻用其意。

11 "還君"二句：還你這幅畫圖，不禁再三嘆息，山林中的舊友應該有招我歸隱的篇章。

山中故人：沒有明指是誰。詩中既說黃州，可能與黃州舊友有關。作者《別黃州》詩說："投老江湖終不失，來時莫遣故人非。"當時曾有再回黃州之意。

送子由使契丹

　　元祐四年（1089）八月，蘇轍奉召為祝賀遼國主生辰的國信使，蘇軾在杭州作詩相送。這詩殷殷囑勉子由擔負國家使命，要維護宋朝的聲威，使遼人知道中國文明鼎盛，人才秀出，但不要追求個人的盛名，立意正大而兄弟情誼深切。

　　契丹：我國古民族名。為東胡族的一支，居遼河上游。北魏時自號契丹。唐末建契丹國，後改國號為遼。

> 雲海相望寄此身，那因遠適更沾巾。[1]
> 不辭馹騎凌風雪，要使天驕識鳳麟。[2]
> 沙漠回看清禁月，湖山應夢武林春。[3]
> 單于若問君家世，莫道中朝第一人。[4]

注釋

1　　“雲海”二句：雲海阻隔，只能兩地相念，一身久已飄泊如寄，不因你這次遠行而灑淚。

　　沾巾：淚濕沾巾。此翻用杜甫詩：“偷生長避地，適遠更沾襟。”

2 "不辭"二句：在驛路上奔馳，凌風冒雪，不避艱辛，應使遼國人認識中國的秀異人物。

馹騎：馹同驛，馹騎謂驛馬，騎讀去聲。**天驕**：漢時，匈奴單于自稱："胡者，天之驕子也。"這裏指遼人。**鳳麟**：喻中國文明人物。

3 "沙漠"二句：身臨沙漠，不免要回想起宮禁的夜月，夢見杭州的湖山春色。

清禁：京中禁地。蘇轍當時為翰林學士，可出入宮禁。**武林**：杭州舊號虎林，後改武林。這時作者在杭州，故云。

4 "單于"二句：單于如果問及你的家世，不要說是中國朝廷上的第一人。

單于：指遼國主。**第一人**：引用唐朝李揆出使事。據《唐書·李揆傳》載：唐德宗稱讚李揆無論門第、儀表、文學都是當代第一。後來李揆為盧杞所惡，用為入蕃會盟使。蕃酋長問他道："聞唐有第一人李揆，公是否？"李揆恐怕蕃酋長不放他回國，便騙他說："彼李揆安肯來耶！"這裏意在囑咐蘇轍謹慎應對，應使遼人知道中國人才眾多。

贈劉景文

　　元祐五年（1090）初冬在杭州作。劉景文，名季孫，河南祥符（今開封）人。宋時將門之後。博學工詩，初在饒州監酒稅，王安石讀到他的詩，極為稱賞，命他兼攝州學教授。後以左藏副使為兩浙兵馬都監，駐杭州，受到蘇軾推重，時有唱酬。劉景文有《橫槊集》，今不傳。蘇軾這詩為贈劉景文而作，寫江南初冬景物，借花木的生態讚美人的節操。詩中所寫的菊和橘，都取其有耐寒的品格。"菊殘猶有傲霜枝"，意謂雖已衰殘，尚存風骨，是傳誦的名句。

　　荷盡已無擎雨蓋，菊殘猶有傲霜枝。[1]
　　一年好境君須記，最是橙黃橘綠時。[2]

注釋

1　"荷盡"二句：荷花凋盡，連擎雨的葉蓋也不存在了，菊花雖殘，仍有傲視寒霜的枝條。

　　擎雨蓋：荷葉。唐·秦韜玉詩："卷荷擎雨出盆池。"

2　"一年"二句：一年之中的美景，你應當記取，最好的是這橙黃橘綠的初冬。

橙黃橘綠：這裏也有以物擬人之意。橘樹歷來就被喻為賢者，最早有屈原的《橘頌》，嘆詠橘樹的「蘇世獨立，橫而不流」等美德。唐時張九齡《感遇》詩道：「江南有丹橘，經冬猶綠林。豈伊地氣暖？自有歲寒心。」説橘樹所以帶綠，因其有耐寒的本性。蘇軾以橙黃橘綠為初冬佳景，是隱用其意，但較含蓄。

按：韓愈有詠早春詩：「天街小雨潤如酥，草色遙看近卻無。最是一年春好處，絕勝煙柳滿皇都。」胡仔《苕溪漁隱叢話》認為蘇軾詠初冬與韓愈詠早春「二詩意思頗同而詞殊，皆曲盡其妙」。高步瀛《唐宋詩舉要》則說：「或以此詩與韓退之《早春呈水部張員外》詩相似，徒以『最是一年春好處』句偶近耳。其意境各有勝處，殊不相同也。」高說更有見地。

次韻劉景文見寄

　　蘇軾的朋友中，劉景文的文采、品格、家世、儀表，極受蘇軾讚賞。黃庭堅曾説劉景文"胸中有萬卷書，筆下無一點俗氣"，可以想見其為人。上一年蘇軾在杭州贈劉的詩"菊殘猶有傲霜枝"，當然是因人而寫的。這一首寫於元祐六年（1091）。蘇軾在潁州接獲劉景文的詩信，喜而次韻。這首詩好在詩中有人。烈士家風，書生習氣，而又胸中牢落不平，髯劉的形象十分鮮明。兩人意氣契合，也於此可見。

淮上東來雙鯉魚，巧將詩信渡江湖。[1]

細看落墨皆松瘦，想見掀髯正鶴孤。[2]

烈士家風安用此？書生習氣未能無。[3]

莫因老驥思千里，醉後哀歌缺唾壺。[4]

注釋

1　"淮上"二句：你發自杭州的詩信，渡過江湖，寄到我這裏。淮上：潁州位於淮河以北，故稱淮上。作者在潁州收到杭州詩信，是自東而來。雙鯉：指書信。古人有以魚腹寄書的。《古樂府》：「客從遠方來，遺我雙鯉魚。呼兒烹鯉魚，中有尺素書。」

2　　"細看"二句：細看詩箋字跡蒼勁有力，想見你掀髯獨吟，神采清如孤鶴。

松瘦：指字跡道勁瘦硬如松。掀髯：以手掀鬚而笑。劉景文美髯，有髯劉之稱。鶴孤：常用於形容人物清秀而孤潔。東方朔《七諫》詩：「鵾鶴孤而夜號兮。」此用其意，臆想劉景文獨吟時的神態。

3　　"烈士"二句：出自烈士門庭，有忠勇家風，何須尋章覓句？畢竟是書生習氣，興之所至，不能無詩。

烈士家風：劉景文的祖父劉漢凝，官至崇儀使，曉暢軍事。父親劉平，為人任俠，善弓馬，舉進士，為尚衣庫使，知邠州。仁宗時，元昊反，建國號大夏。康定元年（1040），元昊侵延州，劉平率軍馳救，轉戰三日，敗於延州西南山地，被擒殺。蘇軾曾推薦劉景文，說他工詩能文，至於忠義勇烈，有平之風。

4　　"莫因"二句：不要因年老未得抒展抱負，酒後慷慨哀歌，把唾壺也敲缺了。

老驥：曹操《步出夏門行》詩：「老驥伏櫪，志在千里；烈士暮年，壯心不已。」晉時王敦在酒後常詠這詩，用如意敲唾壺為節拍，壺邊全給打缺了。劉景文這年將六十，沒有得到重用，作者故用此典，對劉景文表示同情和安慰。劉景文《寄蘇內翰》詩：「倦壓鼇頭請左魚，笑尋頴尾為西湖。二三賢守去非遠，六一清風今不孤。四海共知霜鬢滿，重陽能插菊花無？聚星堂上誰先到，欲傍金樽倒玉壺。」

書晁説之《考牧圖》後

　　這詩煉意和表現手法都很奇特，雖為《考牧圖》題寫，通篇卻只有一句落到畫上。作者一氣敍寫自己早年放牧，如何用鞭子指揮，如何使牛羊肥壯，很有辦法。這一段"煙簑雨笠"的生活，早成過去，老來徒然看到這麼一幅《考牧圖》。作者要表明什麼呢？最後一句點出："悔不長作多牛翁。"這詩是元祐八年（1093）在京師所寫。這以前的幾年間，作者時而在朝，時而做地方官，原因是屢遭政敵誹謗，不安於位。"世間馬耳射東風"一句，正好透露了作者的憤慨，所以作者説做官還不如養牛。詩的氣勢奔放，如河川流行，曲折無不如志，長短無不中節。章法變化不測，筆力橫絕，極受評家讚賞。

　　晁説之：字以道，號景迂，晁補之的四弟，工詩善畫，元豐五年（1082）進士。他所作的《考牧圖》，取意於《詩經·無羊》篇，寫西周畜牧生活。《無羊》篇的小序説："無羊，宣王考牧之什也。"故稱為《考牧圖》。

我昔在田間，但知羊與牛。川平牛背穩，如駕百斛舟。[1] 舟行無人岸自移，我臥讀書牛不知。[2] 前有百尾羊，聽我鞭聲如鼓鼙。我鞭不妄發，視其後者而鞭之。[3] 澤中草木長，草長病牛羊。[4] 尋山跨坑谷，騰趠筋骨強。[5] 煙蓑雨笠長林下，老去而今空見畫。[6] 世間馬耳射東風，悔不長作多牛翁。[7]

注釋

1 "我昔"四句：我從前在田野裏放牧，只知道羊和牛。河川平靜，牛背安穩，騎牛渡水，像坐著重載百斛的舟隻。

   百斛舟：斛是容器。北宋以前，十斗為一斛。百斛舟指船隻重載。

2 "舟行"二句：我只覺這艘"百斛之舟"在穩重地行駛，沒有人撐船，倒是河岸自行移動似的。我臥在牛背上讀書，牛也沒有一點感覺。

3 "前有"四句：前面有上百頭羊，聽我的鞭聲指揮，就像隊伍以鼓鼙聲為號令一樣。我的鞭子不隨便揮動，瞧那走在後面的就鞭打牠。後一句引自《莊子·達生》："善養生者，若牧羊然，視其後者而鞭之。"

4 "澤中"二句：沼澤中的草木較多，可是草長反而不適宜牧養牛羊。作者平時曾說：有人看見牧童驅羊群到瘦瘠地放牧，問道："沼澤的水草肥美，為什麼不到那裏去？"牧童說：「羊見美草隨意吃下，不能育肥；瘠地的草，羊細嚼其味，所以肥壯。」

5　"尋山"二句：尋找山地放牧，牛羊跨越坑谷，騰躍奔跑，因而筋骨強健。

　　騰趠（chào 紂）：騰躍。

6　"煙簑"二句：那時披簑戴笠，出入煙雲風雨，每天都在山林之下，現在人老了，只在圖畫中看到放牧的情景。

　　這句點出了畫，忽然一收。後又宕開，忽然一放。詩筆多變。

7　"世間"二句：世人總是很多話都聽不入耳，我反悔不長做一個多養牛的村翁。

　　馬耳射東風：指語言聽不入耳。李白詩："世人聞此皆掉頭，有如東風吹馬耳。"**多牛翁**：《新唐書‧盧從願傳》載：盧從願多置田產，佔良田數百頃，被嘲為多田翁。這裏的"多牛翁"仿此而來。

　　清‧王文誥評："公詩法多有獨闢門庭、前無古人者，皆由以文筆運詩之故，而其文筆則得之於天也。"

　　清‧吳汝綸評："公詩多超妙無匹，此首則天仙化人，非復人間所有蹊徑。"

書丹元子所示李太白真

元祐八年（1093）九月在定州作。李白天人，歷代題李白詩極多，但也極不易下筆。蘇軾這首題李白畫像的詩卻出以戲語，恣意揮灑，卻恰切地表現了李白才高氣傲，豪邁不羈，蔑視權貴的人物面貌。力士脫靴，尚嫌"手污吾足"，這四字可說是讚揚李白的最美好的語言了。這詩前半一韻七句，然後換韻，後半仍是一韻七句，稱為"平頭換韻法"。丹元子：原名王繹，後改姓名為姚丹元，汴京人。學道，能詩。後被徽宗寵信的術士林靈素毒死。

天人幾何同一漚，謫仙非謫乃其遊。[1] 麾斥八極隘九州，化為兩鳥鳴相酬，一鳴一止三千秋。[2] 開元有道為少留，縻之不可訳肯求！[3] 西望太白橫峨岷，眼高四海空無人。[4] 大兒汾陽中令君，小兒天台坐忘身。[5] 平生不識高將軍，手污吾足乃敢瞋。[6] 作詩一笑君應聞。[7]

注釋

1 　"天人"二句：天上的人哪曾共同處在泡沫般的世上，謫仙李白並非謫降，乃是遊戲人間。

　　天人：此指李白才華蓋世，如天上人。**一漚**：漚是水泡。佛教用水泡比喻生命的空幻。這裏指世上。

2 　"麾斥"三句：他們才氣奔放，馳騁八極，九州還覺狹隘，化作雙鳥互相唱和，一鳥長鳴，一鳥棲止，已經度過了三千個春秋。

　　麾斥：同揮斥，意謂奔放。《莊子·田子方》："夫至人者，上闚青天，下潛黃泉，揮斥八極，神氣不變。"**八極**：八方極遠的地方。**隘**：狹窄。**九州**：古代中國設置為九個州。**化為兩鳥**：兩鳥出自韓愈詩中的寓言，這裏借用其意，比喻李白和杜甫。韓愈《雙鳥詩》："雙鳥海外來，飛飛到中州。一鳥落城市，一鳥集岩幽。不得相伴鳴，爾來三千秋。"詩中的雙鳥沒有明示比擬誰人，各家對此有不同理解。

3 　"開元"二句：開元年間政治清明，才在朝上少留頃刻，朝廷想羈縻他尚且不能，何況自己去追求！

　　矧（shěn 哂）：況。

4 　"西望"二句：西望太白、峨岷諸山，雄峻磅礴，俯視四海再無人能與並肩。

　　太白：山名，即終南山。在陝西鰲厔縣南。冬夏積雪，望之皓然，故名太白。李白《蜀道難》詩："西當太白有鳥道，可以橫絕峨眉巔。"**峨岷**：峨眉山和岷山。岷山在四川松潘縣北，綿延四川、甘肅兩省邊境。岷山山脈南部為峨眉山，在四川峨眉縣西南。

218

5　　“大兒”二句：差可作為兒輩的，大兒子該是汾陽王郭子儀，小兒子是在天台山寫《坐忘論》的司馬子微。

　　汾陽中令君：指郭子儀。郭扶助唐肅宗平定安史之亂，官太尉中書令，封汾陽郡王。李白初遊并州，郭子儀還是下級軍官，因犯軍法，得到李白說情免罪。後在安史之亂中，永王李璘在東南起兵，受到肅宗疑忌，將他擊敗，李白因投永王李璘坐罪當誅，郭子儀願以官爵為李白贖罪。

　　天台坐忘身：指司馬子微。李白《大鵬賦序》：“予昔於江陵見天台司馬子微，謂予有仙風道骨，可與神遊八極之表。”司馬子微著有《坐忘論》，是修道的書。

　　這兩句所說的“大兒”、“小兒”，是借用漢時禰衡的語意。禰衡性剛傲，曾說：“大兒孔文舉，小兒楊德祖，餘子碌碌，不足數也。”

6　　“平生”二句：平生不認識什麼高力士將軍，他的手弄髒了我的腳，居然還敢發怒呢。

　　高將軍：指高力士。《舊唐書·高力士傳》：“開元初，加右監門衛將軍。天寶七載，加驃騎大將軍。”手污吾足：李白曾在玄宗面前使高力士脫靴。這裏說弄污了腳，是蔑視高力士之意。

　　以上四句擬作李白說話。

7　　“作詩”句：我作這詩圖博一笑，你大概聽到了。

　　君：指李白。

　　胡仔《苕溪漁隱叢話》：“李、杜畫像，古今詩人題詠多矣。若杜子美，其詩高妙，固不待言，要當知其平生用心處，則半山老人之詩得之矣。若李太白，其高氣蓋世，千載之下，猶可嘆想，則東坡居士之贊盡之矣。”

鶴嘆

　　元祐八年（1093），在定州作。這期間，蘇軾受哲宗的疏遠，正處在被貶到嶺南的前夕。這詩借鶴寄慨，同賈誼寫《鵩鳥賦》的寓意一樣。詩人描寫的鶴，孤高、傲岸，不受餌誘，不供賞玩，與其説是鶴，毋寧説是一位潔身自愛，不肯趨附的高士形象。

　　園中有鶴馴可呼，我欲呼之立坐隅，
　　鶴有難色側睨予，"豈欲臆對如鵩乎？[1]
　　我生如寄良畸孤，三尺長脛閣瘦軀，
　　俯啄少許便有餘，何至以身為子娛！"[2]
　　驅之上堂立斯須，投以餅餌視若無，
　　戛然長鳴乃下趨。難進易退我不如！[3]

注釋

1　"園中"四句：園裏馴養著一頭可聽呼喚的鶴，我想叫牠站在座位旁邊，鶴帶著為難而又輕蔑的神氣斜看著我，似乎在説："莫非要我同你互對心事，好像鵩鳥同賈誼那樣嗎？"坐隅：座位的一角。漢，賈誼《鵩鳥賦》："鵩鳥飛入誼舍，止於坐隅。" **側睨**：斜視，有輕蔑意。**臆對如鵬**：臆是心胸，臆對是不用語言而用胸中所想的來對答。鵬是鴞鳥，古人認作不祥之鳥。漢時，賈誼謫居長沙，有鴞飛入屋，立在座旁，他自以為壽命不長，因而作《鵬鳥賦》，抒發自己懷才不遇的抑鬱不平情緒。文內說："鵬迺嘆息，舉首奮翼，口不能言，請對以臆。" 這裏詩人也假託病鶴同自己作臆對。

2　**"我生"四句**：我的生命不過暫寄在世上，很是畸零孤獨，三尺長的腳脛支架著瘦削的身軀，低頭啄食少許東西便足夠有餘，何至於以此身供你狎玩。這四句緊接上邊第三句，都是作者代擬鶴的對話，就是臆對。

畸孤：身世孤零。**閣**：高架著。據說蘇軾這詩寫成後，錄給友人看，這一句只寫 "三尺長脛瘦驅" 六字，故意缺去一個字，別人代擬了幾個字都不貼切，詩人最後取出詩稿給大家看，原來是一個 "閣" 字，病鶴的形象便十分傳神。**少許便有餘**：出自陶淵明詩句："傾身營一飽，少許便有餘。" 這裏寓意說對利祿名位沒有奢求。**以身為子娛**：援引支遁放鶴的典故。支遁是晉時人，姓關，字道林，在餘杭山學道。《世說新語》載：支遁好鶴，有人送他雙鶴，支遁說："（鶴）既有凌霄之姿，何肯為人作耳目近玩？" 便將鶴放了。

3　**"驅之"四句**：驅趕牠到堂上站立了頃刻，擲給餅食好像不屑一顧，挺起頭頸長鳴一聲，便走下堂去。像這鶴不輕於求進而易於引退，我深感不如！

斯須：片刻。**戛（jiá夾）然**："戛" 是長矛之類的古兵器。"戛然" 既是形容鶴引頸鳴叫時的狀態，也是形容牠的鳴聲。清·紀昀評："純是自托，末以一語點睛，筆墨特為奇恣。"

八月七日初入贛過惶恐灘

紹聖元年（1094），朝廷政局進一步發生變化。蘇軾被
算舊賬，說他"誹謗先帝（神宗）"，初貶英州（今廣東英
德），再貶惠州。在離開定州赴貶所的南下途中，寫了許多
紀行詩，抒寫坎坷的遭遇，這是其中之一。詩初寫惶恐灘的
險阻，忽而轉到長風浩蕩，揚帆履險而過，因此自說懂得津
途，大可充當水手了。言外之意，是說自己從許多逆境中闖
過來，對仕途險惡懂得不少。惶恐灘見下注。

七千里外二毛人，十八灘頭一葉身。[1]
山憶喜歡勞遠夢，地名惶恐泣孤臣。[2]
長風送客添帆腹，積雨浮舟減石鱗。[3]
便合與官充水手，此生何止略知津！[4]

注釋

[1]　"七千"二句：貶逐到七千里外的老人，像飄流在十八灘上
　　的一片落葉。
　　七千里：從河北定州貶到嶺南的里程，是個約略的數字。
　　二毛：頭上黑髮雜有白髮，稱為二毛，指接近老年。十八

灘：江西萬安縣至贛州之間的贛江有十八處險灘，名稱有黃公灘、漂神灘、崑崙灘、白澗灘、天柱灘、橫弦灘等。

2　"山憶"二句：想起蜀道上有一座山，以"喜歡"命名，要回到那裏，只能在夢中跋涉。這裏的險灘叫做"惶恐"，聽了名字就叫人流淚。

喜歡：作者自注："蜀道有'錯歡喜舖'，在大散關上。"

惶恐：一般認為十八灘中的黃公灘又名惶恐灘。《萬安縣志》說："灘水湍急，惟黃公為第一。"清代注釋蘇詩的名家對惶恐灘有不同的見解。查慎行引《坦齋通紀》，認為"詩人好易地名以就句法"，當是蘇軾改黃公灘為惶恐灘，和"喜歡"相對。馮應榴反對此說，認為"山水村落之名，原無定稱，安見'惶恐'必應曰'黃公'乎？"他指出蘇軾必先有了"惶恐"詩句，然後以"喜歡"為上句。如果更改灘名來就句法，恐怕東坡先生不肯這樣做。

按：宋末文天祥也有"惶恐灘頭說惶恐，伶仃洋裏嘆伶仃"、"遙知嶺外相思處，不見灘頭惶恐聲"等詩句。

3　"長風"二句：長風浩蕩，船帆飽滿，送客遠去，因在雨後水漲，船過灘時也很少看到礁石上的鱗波。這聯寫景，意在說履險飛渡。

帆腹：船帆受風腹滿。石鱗：水流石上，波似鱗片。

4　"便合"二句：我很可以給官兒們充當水手，這一生經歷豈只略懂一點津途！

知津：識途。《論語・微子》："長沮、桀溺耦而耕，孔子過之，使子路問津焉。"問津原義為詢問渡口，後人借用為請求指示辦法或方向。作者在此帶有諷刺用意，說自己何止略懂世途。

清・紀昀評："真而不俚，怨而不怒。"

朝雲詩 並引

　　世謂樂天有　駱馬、放楊柳枝詞，嘉其主老病，不忍去也。然夢得有詩云："春盡絮飛留不住，隨風好去落誰家。"樂天亦云："病與樂天相伴住，春隨樊子一時歸。"則是樊素竟去也。予家有數妾，四五年相繼辭去，獨朝雲者，隨予南遷。因讀樂天集，戲作此詩。朝雲姓王氏，錢唐人。嘗有子曰幹兒（即蘇遯），未期而夭云。

　　朝雲，姓王氏，字子霞。熙寧七年（1074）蘇軾任杭州通判時，其妻王閏之買朝雲為婢，時朝雲才十二歲，可能是個女歌童，到蘇軾家才讀書學字，世傳她是杭州名妓，不足信。長大後，蘇軾收她作妾。蘇軾貶惠州時，妻已死去一年多，只得朝雲為伴。朝雲很了解蘇軾，曾說他"滿肚皮不合時宜"。她唱蘇軾的《蝶戀花》詞，到"天涯何處無芳草"，就忍不住流淚。蘇軾對朝雲的感情很深，說她"敏而好義"，"忠敬若一"（《朝雲墓誌銘》），不是偶然的。這詩寫於紹聖元年（1094）十月剛貶到惠州兩周左右。詩中以樊素離別白居易反襯出朝雲對自己的感情真摯不易，品格高尚。詩用典稍多，但寫相愛的情操很純潔，是出色之作。

　　樂天：即白居易。白有《賣駱馬》詩：「五年花下醉騎行，臨賣回頭嘶一聲。項籍顧騅猶解嘆，樂天別駱豈無情。」寫被賣的駱馬不忍離開主人。又有《別柳枝》詩，「兩枝楊柳小樓中，嫋嫋多年伴醉翁。明日放歸歸去後，世間應不要春風」。這是白居易年老有病時遣走侍妾樊素、小蠻時所作。兩妾都善唱《楊柳枝》詞，因而「楊枝」就成為她們的代名。夢得：即劉禹錫。

> 不似楊枝別樂天，恰如通德伴伶玄。[1]
> 阿奴絡秀不同老，天女維摩總解禪。[2]
> 經卷藥爐新活計，舞衫歌扇舊因緣。[3]
> 丹成逐我三山去，不作巫陽雲雨仙。[4]

注釋

1　「不似」二句：不像樊素那樣辭別了白居易，恰如樊通德和伶玄終身作伴。
　　楊枝：指樊素，見題注。**通德伴伶玄**：伶玄，後漢人，與班固同時，能文章，得妾樊通德。通德熟悉趙飛燕的故事，伶玄據她所述，寫成《趙飛燕外傳》。

2　"阿奴"二句：阿奴和絡秀子母兩人不曾同時到老，天女和
維摩縱然能解禪理，也不能忘情。

　　阿奴絡秀：絡秀姓李，晉時汝南人，《世説新語》列為賢
媛。生三子，幼子周謨，即阿奴。次子周嵩曾對母説："阿
奴碌碌，當在阿母目下耳。"這裏作者反用其意，以阿奴
比喻夭折的幹兒，以絡秀比朝雲。**天女維摩**：佛書《維摩
經》説：天女居維摩室，與舍利佛發明禪理。維摩説："此
天女已能遊戲，菩薩之神通也。"朝雲曾跟隨泗上比丘尼
學佛，略聞大義，這裏以天女比朝雲，維摩則作者自喻。
　　總：縱然、縱使。意謂朝雲縱然學佛，也未能忘掉喪子的
悲慟。

3　"經卷"二句：唸經、煮藥是你新近的生活狀態，舞衣翻
躍，歌扇輕搖，已是追憶中的舊事。

4　"丹成"二句：待煉成了丹藥，隨我到海外的仙山去，不再
像巫陽的仙女，縈念世俗的情緣。

　　丹成：唐、宋時許多文人學士也喜談煉丹益壽之説，蘇軾
未能例外，如他結交的丹元子，就是道中人。他在惠州，
煉丹成了他調適心靈適應貶居生活的方法。**三山**：神話中
的三神山。王嘉《拾遺記》以海中的蓬萊、瀛州、方丈為
三山。**巫陽**：宋玉《高唐賦序》説：楚懷王夢一婦人，自
稱為巫山之女。她説："妾在巫山之陽，高丘之阻，旦為朝
雲，暮為行雨，朝朝暮暮，陽台之下。"王朝雲曾請秦觀
為她作詞，秦觀作《南歌子》，有"不應容易下巫陽"句，
即以巫山神女比朝雲。蘇軾認為這個比擬不恰當，因朝雲
有更高的情操，故此這裏説"不作巫陽雲雨仙"。

胡仔《苕溪漁隱叢話》評："東坡此詩意佳絕，善於為戲，略去洞房之氣味，翻為道人之家風，非若樂天之所云'櫻桃樊素口，楊柳小蠻腰'，俗哉！"

　　按：朝雲於紹聖三年（1096）病逝，年三十四歲。葬於惠州西湖棲禪寺側。

十一月二十六日，松風亭下，梅花盛開

紹聖元年（1094）十一月作於惠州。這時蘇軾從惠州城合江樓遷居嘉祐寺。松風亭在惠州學舍之東，原是嘉祐寺故址。現在亭址已不可考。蘇軾初在元豐三年（1080）貶黃州時，見春風嶺上的梅花開在草棘間，有感作詩。到黃州後，每年都為此寫詩寄慨。現又在惠州謫居地見梅花，這十四年來屢遭遷謫，身處荊棘，正同梅花一樣。這詩又一次把自己的坎坷歷程同梅花連繫在一起。作者抒寫獨飲賞梅，無言嘆息，是通過假設縞衣人叩門的幻境來表達的。李白詩："舉杯邀明月，對影成三人"，實際是獨酌。東坡有梅花能解妙意，有落月窺看清樽，實則更感寂寞。這比起平直抒寫寂寞就顯得超妙而善於擺脫了。

春風嶺上淮南村，昔年梅花曾斷魂。[1]
豈知流落復相見，蠻風蜑雨愁黃昏。[2]
長條半落荔枝浦，臥樹獨秀桄榔園。[3]
豈惟幽光留夜色，直恐冷艷排冬溫。[4]
松風亭下荊棘裏，兩株玉蕊明朝暾。[5]

海南仙雲嬌墮砌，月下縞衣來扣門。⁶

酒醒夢覺起繞樹，妙意有在終無言。⁷

先生獨飲勿嘆息，幸有落月窺清樽。⁸

注釋

1　"春風"二句：往年貶謫黃州，來到淮南地區，春風嶺上的
　　梅花曾引起自己的傷感。

　　春風嶺：在湖北麻城縣治東嶺上，宋時多梅花。**淮南**：淮
　　水以南地區。包括現在湖北境內的長江以北、漢水以東、
　　及江蘇、安徽境內的長江北部地區。麻城春風嶺地入淮
　　南，故說淮南村。**斷魂**：同銷魂，意說引起感觸。

　　作者自注：予昔赴黃州，春風嶺上見梅花，有兩絕句。明年
　　正月，往岐亭，道上賦詩云："去年今日關山路，細雨梅花
　　正斷魂。"蘇軾於元豐三年（1080）貶黃州，經春風嶺所
　　寫《梅花二首》，及明年往岐亭所寫《正月二十日，往岐亭，
　　郡人潘、古、郭三人送余於女王城東禪莊院》詩，均見前。

2　"豈知"二句：哪知今天又在流落中相見，南方邊遠地的風
　　雨黃昏，更惹人發愁。

　　蠻、蜑：南方少數民族。作者用以指謫居的地方。

3　"長條"二句：荔枝浦上，梅樹枝條橫斜參錯，桄榔園裏，
　　一樹欹斜的老梅獨佔秀色。

　　長條：指梅樹的枝條。**半落**：形容梅枝屈曲的狀態。**荔枝
　　浦、桄榔園**：廣東盛產荔枝，又多桄榔樹，作者特以此襯
　　托地方風貌，詩意是說梅花散見在江浦和園林。

4　"豈惟"二句：豈但幽微的花光留住了夜色，使黑夜更覺漫

長，還恐怕冷艷的姿質會排斥冬天的溫煦之氣，使寒意更覺濃厚。這裏説梅花留住夜色和排斥冬溫，是作者想像之詞，意在説梅花幽獨而不迎合世俗，也就是作者在《紅梅》詩中所説「自恐冰容不入時」的意思。

幽光：在幽暗中隱約可見的亮光，常用以比喻人的潛在品德，這裏借譽梅花。**冷艷**：喻梅花既耐寒而又艷麗。

以上八句先寫江浦、園林散見的梅花，在黃昏、夜色中呈現幽光，在冬溫中保持冷艷，特別濃染了環境的黯淡、嚴酷。

5　**"松風"二句**：松風亭下，荊棘叢中，兩株白梅盛開，為朝陽所照，花光燦然。

玉蕊：喻梅花潔白如玉。

到第九、十這兩句才引出松風亭下盛開的梅花，使人眼前一亮。

6　**"海南"二句**：它如同南天嬌艷的仙雲降在階砌上，夜裏，化作縞衣仙子，浴著月色，來敲我的門戶。

縞衣：喻梅花為白衣仙子。《龍城錄》載："隋開皇中，趙師雄遷羅浮。一日，天寒日暮，於梅林間酒肆旁舍見女人，淡妝素服出迎。時已昏黑，殘雪未消，月色微明，但覺芳香襲人，言極清麗，因與之扣酒家門，共飲。少頃，一綠衣童來笑歌戲舞。師雄醉寢，但覺風相襲。久之，東方已白，起視在大梅樹下，有翠羽啾嘈相顧，月落參橫，但惆悵而已。"作者借用這個故事，説縞衣人叩門，是假設的幻境。

7　**"酒醒"二句**：酒醒之後，夢幻也消失了，起來繞著梅樹回味，梅花含著微妙的情意，但終於默然不語。

8　**"先生"二句**：我領會梅花意在勸慰説，先生獨自飲酒，不用嗟嘆寂寞，幸而還有落月窺人呢。

清‧紀昀評："極意鍛煉之作。"

連雨江漲二首（選其一）

紹聖二年（1095）春，蘇軾到惠州剛半年，遇上洪水，詩寫於合江樓。合江樓位於府城東北，適在西枝江匯於東江的城牆上。這詩寫水災情景歷歷如繪，且有地方特點。"龍捲魚蝦"一聯，隨手拈來，即成妙對。

越井岡頭雲出山，牂牁江上水如天。[1]
床床避漏幽人屋，浦浦移家蜑子船。[2]
龍捲魚蝦並雨落，人隨雞犬上牆眠。[3]
只應樓下平階水，長記先生過嶺年。[4]

注釋

1　"越井"二句：越井岡頭，雨雲瀰漫山間，嶺南各江洪水連天。

　　越井岡：一名天井岡，在廣州越秀山。越井在山的南麓，即越王井，又名越台井、鮑姑井、九眼井，現尚存。牂（zāng 髒）牁（gē 歌）：古水名，流入廣東的西江。或以為即今濛江、盤江、都江，已難確考。柳宗元詩："牂牁南下水如湯。"作者時居惠州，地屬東江。這裏以牂牁泛指廣東境內的河流。

二句先寫越井岡頭，是表明雨區之大，並非作者在惠州得見越井岡的雨勢。

2 **"床床"二句：**我的屋子沒有一張床不漏雨，弄得搬來搬去，泊舟在江浦的水上人家，更是到處移泊。

床床避漏：杜甫《茅屋為秋風所破歌》："床頭屋漏無乾處。"此用其意。**幽人：**作者自謂。**蜑子：**水上人民的舊稱。

3 **"龍捲"二句：**暴風捲起河海的魚蝦，隨雨落下，避災的居人同雞狗一起走上牆頭、屋頂住宿。

龍：指陰霾和烈風。

4 **"只應"兩句：**只是合江樓下漲到台階的江水，永遠印記著我過嶺南遷的時日。

只應：只是。**先生：**作者自謂。

四月十一日初食荔枝

　　蘇軾從嶺南風物攝取了大量的詩材，所寫荔枝各詩是他的名篇。紹聖元年（1094），詩人過大庾嶺沿北江南下，船經清遠，有顧秀才向他"極談惠州風物之美"，話中就說到荔枝。他在十月到惠州時，已過了當年的荔枝產期，二年（1095）初夏才吃到嶺南荔枝。詩寫於惠州合江樓。題上特意記明月日，表示不忘，很見意趣。詩既讚美了嶺南名產荔枝，又抒寫了詩人隨緣自適的曠達情懷。

　　南村諸楊北村盧，白華青葉冬不枯，
　　垂黃綴紫煙雨裏，特與荔子為先驅。[1]
　　海山仙人絳羅襦，紅紗中單白玉膚，
　　不須更待妃子笑，風骨自是傾城姝。[2]
　　不知天公有意無，遣此尤物生海隅，
　　雲山得伴松檜老，霜雪自困楂梨麤。[3]
　　先生洗盞酌桂醑，冰盤薦此顆蚁珠。[4]
　　似開江鰩砍玉柱，更洗河豚烹腹腴。[5]
　　我生涉世本為口，一官久已輕蓴鱸。
　　人間何者非夢幻，南來萬里真良圖！[6]

注釋

1. **"南村"四句**：南村盛種楊梅，北村盛種盧橘，繁花潔白，密葉青翠，冬天也不枯謝，到了夏天，在輕煙細雨中，林間綴滿了黃色、紫色的果實，似是特意為將要成熟的荔枝做先驅。

   首句作者自注："謂楊梅、盧橘也。"《廣州記》："盧橘皮厚，氣色大如柑，酸多，至夏熟，士人呼為壺橘。"另一說，廣東稱枇杷為盧橘。**先驅**：楊梅和盧橘開花結果比荔枝為早，故說是荔枝的先驅。

2. **"海山"四句**：荔枝像是嶺海間的女仙人，披了赤絲短襖，內襯紅紗汗衫，肌膚潤白如玉，無須唐宮的妃子為她破顏一笑，她的風神骨格本就是傾城傾國的名姝。

   襦（rú 儒）：短襖。**中單**：汗衫。**妃子笑**：《新唐書·楊貴妃傳》："妃嗜荔枝，必欲生致之，乃置騎傳送，走數千里，味未變，已至京師。"杜牧《過華清宮絕句》："一騎紅塵妃子笑，無人知是荔枝來。"**傾城**：指美女。《漢書·外戚傳》載李延年歌："北方有佳人，絕世而獨立。一顧傾人城，再顧傾人國。寧不知傾城與傾國，佳人難再得。"

3. **"不知"四句**：不知道是否上天的有意安排，讓荔枝這樣的名產生長在南海之濱，使雲山的古松老檜得到良伴，而那些受霜所侵的樝子、梨子一類酸果，就顯得粗澀了。

   尤物：原指特異人物，後多指美色。《左傳》："夫有尤物，足以移人。"這裏借指荔枝。**松檜**：《梁溪漫志》載南方多在松檜之外"雜植荔枝，取其枝葉陰覆"，詩句據此說荔枝和松檜作伴。**樝**（zhā 楂）：同祖。果有赤、黃二色，甚

234

酸。**麤**：即粗。

4　**"先生"二句**：我洗淨酒盞飲酌桂酒，潔白的盤子裝上赤龍珠似的荔枝。

　　先生：詩人自稱。**桂醑**：桂酒。蘇軾在惠州曾自釀桂酒。所寫《桂酒頌》，敘文説："《楚辭》曰：'奠桂酒兮椒漿，是桂可以為酒也。' 有隱居者，以桂酒方教吾，釀成，而玉色香味超然，非世間物也。" **赬**（chēng 稱）**虯**：赤龍。韓愈《柿》詩："然雲燒樹火實駢，金烏下啄赬虯卵。"

5　**"似開"二句**：似剖開江鰩，切下肉柱，又似洗淨了河豚，烹煮肥美的魚腹。

　　作者自注："予嘗謂荔枝厚味、高格兩絕，果中無比，惟江鰩柱、河豚魚近之耳。" **江鰩**：《能改齋漫錄》載宋紹聖年間南方所貢車螯肉柱，"俗謂之紅蜜丁，即東坡詩中所謂江鰩柱也"。**腹腴**：魚腹下肥肉。

6　**"我生"四句**：我平生涉足世途本就為了口腹，這個官職早已看得比蓴菜鱸魚還輕。人間還有哪些事情不是夢境般虛幻，遠來萬里的南方倒真是上算。

　　蓴鱸：《晉書·張翰傳》："翰因見秋風起，乃思吳中菰菜、蓴羹、鱸魚膾，曰：'人生貴得適志，何能羈宦數千里以要名爵乎？' 遂命駕而歸。"膾，將魚肉切細。東坡説涉世為了口腹，僅是出於寄慨的自嘲之詞，與《初到黃州》詩"自笑平生為口忙"含義一樣。

荔枝嘆

紹聖二年（1095）夏，蘇軾在惠州先寫了《四月十一日初食荔枝》，續寫了這一首《荔枝嘆》。這詩從歷史上漢、唐兩代從嶺南、巴蜀取貢荔枝，饜足宮廷的口體享受，大肆擾民，進而直接揭露本朝的腐朽現象。天下受虐是不能由所謂“尤物”任咎的，詩人毫不隱晦地譴責了“爭新買寵”的各級官僚，並且指名道姓揭露了三個與自己同朝的人——進貢大小龍茶的丁謂、蔡襄，進貢黃牡丹的錢惟演。作者過去曾因吟詩被羅織成罪，在惠州又是謫居身份，而仍然敢於譏罵，想見骨骾在喉，不吐不快。他曾說自己“賦性剛拙，議論不隨”，“專務規諫，輒以狂言”，這詩也顯示了他的政治品格。

十里一置飛塵灰，五里一堠兵火催。顛坑仆谷相枕藉，知是荔枝龍眼來。[1]飛車跨山鶻橫海，風枝露葉如新採。宮中美人一破顏，驚塵濺血流千載。[2]永元荔枝來交州，天寶歲貢取之涪。至今欲食林甫肉，無人舉觴酹伯游。[3]我願

天公憐赤子，莫生尤物為瘡痏。雨順風調百穀
登，民不饑寒為上瑞。[4] 君不見武夷溪邊粟粒
芽，前丁後蔡相籠加。爭新買寵各出意，今年鬥
品充官茶。吾君所乏豈此物？致養口體何陋耶！[5]
洛陽相君忠孝家，可憐亦進姚黃花！[6]

注釋

1　"十里"四句：驛路上，十里堆起一雙土堠，五里堆起隻
　　堠，驛馬一站一站地馳過了雙堠、隻堠，蹄下塵土飛揚，
　　急如兵火，只要看到倒斃坑谷裏的屍體交相枕藉，就知道
　　馳遞荔枝、龍眼到京城了。
　　置：漢時置馬傳驛的站頭。**堠**：堆土為壇，以記里程。唐
　　代每五里設單堠，十里設雙堠。**枕藉**：縱橫相枕而臥。這
　　裏形容屍體層疊。

2　"飛車"四句：跨山渡海，車行如飛，船快如鳥，到京時荔
　　枝的枝葉上還帶著露水，像剛採摘下來的一樣。僅獲得宮
　　中的美人歡快地一笑，便塵土驚飛，驛夫流血，千百年災
　　禍不息。
　　鶻：海船。形狀頭低尾高，前大後小，稱為海鶻。**宮中美
　　人**：指楊貴妃。另見《四月十一日初食荔枝》詩注。
　　以上八句寫東漢和帝與唐玄宗時因貢荔虐政所造成的慘象。

3　"永元"四句：漢和帝永元年間的荔枝取貢於嶺南交州，唐
　　玄宗天寶年間的貢荔則取自四川涪州。今天人們固然深切
　　痛恨以貢荔固寵的李林甫，卻沒有人以杯酒追念進勸和帝

取消貢荔的唐羌，這樣看來，敢於效法直臣挺身而出的人
實在太少了。

交州：古地名。漢武帝元封五年（前 106）設置十三州部，
交州是其一。東漢交州首府在廣信，即今廣西蒼梧縣。這
裏泛指嶺南地區。**涪**（fú 浮）：今四川涪陵。**林甫**：唐玄宗
時宰相李林甫，專事諂諛，無一言救弊。詩句說"欲食林
甫肉"，語出《左傳》："譬於禽獸，臣食其肉而寢處其皮
矣。"**酹**（lèi 累）：以酒灑地。**伯游**：《後漢書》載唐羌上
書和帝請取消進貢荔枝、龍眼，解除民困。書云："伏見交
趾七郡，獻生龍眼等，鳥驚風發，南州土地炎熱，惡蟲猛
獸，不絕於路，至於觸犯死亡之害。死者不可復生，來者
猶可救也。此二物升殿，未必延年益壽。"

作者自注："永元中，交州進荔枝、龍眼，十里一置，五
里一堠，奔騰死亡，罹猛獸毒蟲之害者無數。唐羌，字伯
游，為臨武長，上書言狀。和帝罷之。唐天寶中，蓋取涪
州荔枝，自子午谷路進入。"

4　**"我願"四句**：我祝願上天憐憫天下百姓，不要育生特異的
物品作成災害，只要氣候和順，糧食豐收，黎民溫飽，就
很吉祥了。

　　瘡痏（wěi 洧）：喻災害。

5　**"君不見"六句**：福建武夷山所產初春芽茶"粟粒芽"，素
稱極品，前有丁謂、後有蔡襄籠裝加封，向朝廷進貢。互
矜新奇取寵，各自挖空心思，今年福建的官員又以"鬬茶"
入貢。人主所缺少的難道是這些東西，專門用心於供奉口
體之慾，那是何等鄙陋啊！

　　武夷：山名，在福建崇安縣南三十里，是產茶名區。山中

238

溪流繚繞，稱為"清溪九曲"。**粟粒芽**：武夷茶的極品，葉小而嫩。《武夷山記》："山產茶如粟粒者，初春芽茶也，品最貴。"**前丁後蔡**：作者自注："大小龍茶，始於丁晉公，而成於蔡君謨。歐陽永叔聞君謨進小龍團，驚嘆曰：'君謨士人也，何至作此事！'"丁謂，字公言，宋真宗時用讒言排斥寇準，代之為相，封晉公。他開始以武夷"粟粒芽"入貢。蔡襄，字君謨，書法家。他在宋仁宗時，曾造小片龍茶進貢。**鬪品**：作者自注："今年閩中監司，乞進鬪茶，許之。"所設鬪品，就是參加比賽的高級茶，或稱鬪茶。詩句是說將這種鬪茶充作"官茶"，即入貢。

6　　"洛陽"二句：洛陽相君錢惟演，素稱忠孝之家，可惜而又可怪的是也向朝廷進貢洛陽黃牡丹！

洛陽相君：指歷仕真宗、仁宗的錢惟演。他曾任同中書門下平章事，留守洛陽，故稱"洛陽相君"。他是五代十國時吳越王錢鏐後裔。父親錢俶於太平興國三年（978）納土歸宋，宋太宗曾稱讚他"以忠孝而保社稷"，故稱"忠孝家"。錢惟演任洛陽留守時，向宮廷進貢產自河陽姚家而傳入洛陽的名種黃牡丹，即世所稱"姚黃"。蘇軾曾把錢惟演貢花叫做"宮妾愛君之意"，並說"洛花有識，鄙之"。**可憐**：這裏有可惜、可怪兩層含義，且有輕蔑意。

作者自注："洛陽貢花，自錢惟演始。"

清·紀昀評："貌不襲杜，而神似之，出沒開闔，純是杜法。"

江月五首並引

　　嶺南氣候不常。吾嘗曰：菊花開時乃重陽，涼天佳月即中秋，不須以日月為斷也。今歲九月，殘暑方退，既望之後，月出愈遲。予嘗夜起，登合江樓，或與客遊豐湖，入棲禪寺，叩羅浮道院，登道遙堂，逮曉乃歸。杜子美云："四更山吐月，殘夜水明樓。"此殆古今絕唱也。因其句作五首，仍以"殘夜水明樓"為韻。

　　紹聖二年（1095）九月作於惠州。江，指東江。五詩分詠初更至五更月出情景，不是一個夜裏所見。各個更次的月出，象景各異，而且所詠也不是一個地方，或在東江和西枝江匯合處的合江樓，或在豐湖（惠州西湖）上的棲禪寺、羅浮道院、逍遙堂。詩意清新、蘊藉而寓有感慨。首篇"玉塔臥微瀾"句，劉克莊極為稱賞，曾有"不知若箇丹青手，能寫微瀾玉塔圖"之嘆。"玉塔微瀾"因而成為豐湖諸景之一。

　　羅浮道院：指天慶觀，在芳華洲北面。原址為唐時朝元觀。宋時，梅蟠居住湖上，自號羅浮山人，在朝元觀舊址建天慶觀。元以後改名玄妙觀。

一更山吐月，玉塔臥微瀾。[1]

正似西湖上，湧金門外看。[2]

冰輪橫海闊，香霧入樓寒。[3]

停鞭且莫上，照我一杯殘。[4]

注釋

1　"一更"二句：初更時候，山上月出，大聖塔的倒影橫臥在
　　微波蕩漾的湖水上。

　　玉塔：豐湖孤山大聖塔，在棲禪寺故址東南。

2　"正似"二句：這同在杭州湧金門外觀看西湖月出的景色相
　　似。

3　"冰輪"二句：月漸升高，皓如冰輪，橫越江海，微有花香
　　的夜霧浸入江樓，感到了薄寒。

　　海：指東江。樓：指合江樓。

4　"停鞭"二句：月宮的御者停下鞭子吧，不要走得太快，應
　　照著我飲完這杯殘酒。

　　停鞭：寄語月中的御者停鞭。

二更山吐月，幽人方獨夜。[1]

可憐人與月，夜夜江樓下。[2]

風枝久未停，露草不可藉。[3]

歸來掩關臥，唧唧蟲夜話。[4]

注釋

1　"二更"二句：二更時候，山上月出，幽居者正獨自度過長
夜。

　　幽人：作者自謂。**獨夜**：王仲宣詩："獨夜不能寐，攝衣起
撫琴。"這裏也有不寐之意。

2　"可憐"二句：可憐幽人和孤月，夜夜都徘徊在江樓之下。
二句意境深遠，極耐尋味。

3　"風枝"二句：被風所吹動的枝葉，久久未能停息，草間又
多夜露，不能席地而坐。

　　藉：坐臥其上稱為藉。

　　"風枝"句隱有所受打擊從未停止之意，與上句"夜夜江樓
下"的沉沉心事相應。

4　"歸來"二句：回到房中掩門而臥，徹夜聽著蟲聲唧唧，不
能入寐。

　　唧唧：歐陽修《秋聲賦》："蟲聲唧唧，如助予之嘆息。"

三更山吐月，棲鳥亦驚起。

起尋夢中游，清絕正如此。[1]

驅雲掃眾宿，俯仰迷空水。[2]

幸可飲我牛，不須違洗耳。[3]

注釋

1　"三更"四句：三更時候，山上月出，林間棲鳥也被驚動

了。我起來尋覓夢中所見，月夜的清景正同夢境一樣。

2　"驅雲"二句：月色特別明亮，更顯得雲淡星稀，上下空
　　明，俯仰間差不多沒有天水之別。

　　驅雲掃眾宿：驅散雲氣，掃掉眾多星宿。這是寫月明星稀
　　的景象。

3　"幸可"二句：幸喜湖水清而不染，可以供我飲牛，不須迴
　　避別人洗耳。

　　洗耳：《逸士傳》："堯讓天下於許由，許由逃之，巢父聞之
　　洗其耳，樊仲父牽牛飲之，見巢父洗耳，乃驅牛而返，恥
　　令牛飲其下流也。"作者引用這故事，以樊仲父自擬，意
　　謂以高潔自守。

四更山吐月，皎皎為誰明？[1]
幽人赴我約，坐待玉繩橫。[2]
野橋多斷板，山寺有微行。[3]
今夕定何夕？夢中遊化城。[4]

注釋

1　"四更"二句：四更時候，山上月出，月色這樣皎潔，究竟
　　為誰而明？

2　"幽人"二句：隱者應我的邀約而來，我們坐著一直看到玉
　　繩星橫斜欲落，夜已將曙。

　　玉繩：星名，在玉衡北。玉繩亦泛指星光。這裏指星殘
　　欲曙。

3 "野橋"二句：我們步過荒廢斷折的板橋，沿著小徑走向山寺。

寺：指棲禪寺。微行：小徑。

4 "今夕"二句：今夜究竟是怎樣情景的一夜？似在夢中遊歷了脫離世俗的境界。

定：究竟。化城：佛家語。一時幻化的城郭，比喻小乘所能達到的境界。

> 五更山吐月，窗迥室幽幽。[1]
>
> 玉鈎還掛戶，江練卻明樓。[2]
>
> 星河澹欲曉，鼓角冷知秋。[3]
>
> 不眠翻五詠，清切變蠻謳。[4]

注釋

1 "五更"二句：五更時候，月亮才從山上升起，窗前很明亮，室內仍很深暗。

迥：應作炯，明亮貌。韓愈詩："蟲鳴室幽幽，月吐窗田田。"幽幽：深暗。

2 "玉鈎"二句：斜月似一彎簾鈎，還掛在窗戶上，江水卻淨如白練，映耀江樓。

玉鈎：指月。鮑照《玩月城西門廨中》詩："始出西南樓，纖纖如玉鈎。"江練：江光如練。謝朓詩："澄江淨如練。"

3 "星河"二句：銀河漸漸淡沒，天將發亮，這時聽到清冷的鼓角聲，忽覺涼秋時節已到來了。

4 "不眠"二句：這夜沒有睡眠，寫成"五詠"的新章，詩清
   意切，作為嶺南民歌的變體吧。

   五詠：南朝顏延之因觸犯權要貶為永嘉太守，作《五君詠》
   以自況。五君為"竹林七賢"中的阮籍、嵇康、劉伶、阮
   咸、向秀。這裏作者以《江月五首》作為"五詠"，意謂效
   法顏延之而翻為新章。**蠻謳**：古時稱南方的部族為蠻夷，
   蠻謳指嶺南的民歌。

食荔枝二首並引 (選其二)

　　惠州太守東堂，祠故相陳文惠公。堂下有公手植荔枝一株，郡人謂之將軍樹。今歲大熟，賞啖之餘，下逮吏卒。其高不可致者，縱猿取之。

紹聖三年（1096）在惠州作。這詩與《四月十一日初食荔枝》詩的意境相近。三、四句曠達。

陳文惠公為陳堯佐，於真宗咸平二年（999）以太常丞守惠陽郡。

　　羅浮山下四時春，盧橘楊梅次第新。[1]
　　日啖荔枝三百顆，不辭長作嶺南人。[2]

注釋

1　"羅浮"二句：羅浮山下一年四季如春，盧橘、楊梅等果類相繼成熟，給人帶來時新。

羅浮山：在廣東省博羅縣，亦稱東樵。《元和郡縣圖志》載：羅山與浮山並體，故稱羅浮。"高三百六十丈，周三百二十七里，峻天之峰四百三十有二。"惠州地近羅浮，故説羅浮山下。**盧橘**：見《四月十一日初食荔枝》詩注。

2 **"日啖"二句**：每日能夠吃到荔枝三百顆，我不會推卻留下來長久做個嶺南人。

三百顆：韋應物《答鄭騎曹青橘絕句》："憐君臥病思新橘，試摘猶酸亦未黃。書後欲題三百顆，洞庭須待滿林霜。"三百顆之數，借用韋詩句，意指飽啖荔枝而已。

擷菜並引

吾借王參軍地種菜，不及半畝，而吾與過子終年飽飫。夜半飲醉，無以解酒，輒擷菜煮之。味含土膏，氣飽風露，雖粱肉不能及也。人生須底物，而更貪耶？乃作四句。

元祐三年（1088）九月作於惠州。這時蘇軾住在嘉祐寺，寺在水東白鶴峰下。他的寓惠詩詞，沒有題詠嘉祐寺的，這首擷菜之作，倒是反映了生活片斷。從詩句看，種菜的園圃當在嘉祐寺之東。王參軍，名字失考。作者處於困境，以能吃到自己辛勤種植出來的蔬菜而感到高興，這同後來在海南所寫《糴米》詩："不緣耕樵得，飽食殊少味"，都表現了高潔的思想。

秋來霜露滿東園，蘆菔生兒芥有孫。[1]
我與何曾同一飽，不知何苦食雞豚！[2]

注釋

1　"秋來" 二句：入秋以來，菜園裏霜露很足，蘿蔔、芥菜、長勢旺盛，生子生孫。

　　蘆菔：亦作萊菔，即蘿蔔。**芥**：指芥菜。王文誥謂指芥藍，可供參考。

2　"我與" 二句：我雖蔬食，晉時何曾日食萬錢，但同樣吃飽，那又何苦一定要吃豬雞！

　　何曾：《晉書 · 何曾傳》：何曾 "性奢豪，務在華侈，廚膳滋味過於王者，食日萬錢，猶曰無下箸處"。

吾謫海南，子由雷州，被命即行，了不相知，至梧乃聞其尚在藤也，旦夕當追及，作此詩示之

熙寧四年（1071）四月，蘇軾在惠州貶所再被責授瓊州別駕、昌化軍安置。弟蘇轍也從筠州再貶雷州。蘇軾上溯西江，取道梧州，南下雷州半島渡海。到梧州時，得知弟轍剛好經過該地，因而作詩。蘇軾對於貶去海南不抱生還希望，曾寫信給廣州太守王古說：“某垂老投荒，無復生還之望。……今到海南，首當作棺，次便作墓。仍留手疏與諸子，死即葬於海外，生不契棺，死不扶柩，此亦東坡之家風也。”這詩也暗示了這一態度。詩筆清健，哀而不傷。“平生學道真實意”以下數句，胸中壘塊，一瀉而出，不可遏制，也不受哀憐。清·王文誥認為此一路詩“不見老人衰疲之氣”。這年蘇軾六十二歲。

九疑聯綿屬衡湘，蒼梧獨在天一方。[1]
孤城吹角煙樹裏，落月未落江蒼茫。[2]
幽人撫枕坐嘆息，我行忽至舜所藏。[3]

江邊父老能說子，"白鬚紅頰如君長"。[4]

莫嫌瓊雷隔雲海，聖恩尚許遙相望。[5]

平生學道真實意，豈與窮達俱存亡。[6]

天其以我為箕子，要使此意留要荒。[7]

他年誰作輿地志，海南萬里真吾鄉。[8]

注釋

1　"九疑"二句：九疑山勢聯綿，地屬衡湘，蒼梧更遠在天南的一方。

　　九疑：山名，亦作九嶷，在湖南寧遠縣南，入湘江流域。山有簫韶、娥皇、女英等九峰，其形相似，見者疑之，故稱九疑。**衡湘**：指湖南南部。**蒼梧**：今廣西梧州。

2　"孤城"二句：孤城的畫角聲迴旋在蒼煙草樹間，月夜將落，江水迷茫。

　　江：指梧州城下的西江。

3　"幽人"二句：我成了幽囚之人，捫枕而坐，不勝嗟嘆，南行不覺已到了虞舜埋骨的地方。

　　幽人：作者自謂。這裏主要是指幽囚而言，也含有幽獨之感。**舜所藏**：《禮記·檀弓上》："舜葬於蒼梧之野。"故說舜所藏。藏是葬的諱稱。

4　"江邊"二句：江邊的父老能夠說出你的形貌，他們這樣向我說："一樣是白鬚紅臉，身材也同你這樣長。"

　　子：指蘇轍。

5 **"莫嫌"** 二句：不要嫌怨瓊州、雷州一海相隔，這還是出於
聖上的恩澤，才許我們遙遙相望呢。這對執政的享惇隱有
諷意。

6 **"平生"** 二句：平生所學忠於家國的道理，豈能隨著順逆的
不同處境而保持或喪失操守。

學道：指所做學問，所持節概。

接應上面所說的"聖恩"，這兩句表明雖處逆境而不失操
守，我仍然是我。

7 **"天其"** 二句：上天定然是把我作為箕子，要將我這種意志
放到邊荒之地來經受考驗。

箕子：殷賢臣。殷亡後，周武王封箕子於朝鮮。作者引箕
子為喻，是從遠居邊荒這一點而言的。**要荒**：要服、荒服
地方。我國古代，京畿以外的領土，從近至遠分作五服，
即甸服、侯服、綏服、要服、荒服。所以要荒是指最遠的
邊疆。

8 **"他年"** 二句：將來誰人編纂輿地志，應把萬里之遙的海南
寫作我真正的故鄉。

糴米

紹聖四年（1097），作於海南儋耳。六十二歲的詩人，
從惠州再遠逐海南，前景黯淡。同是貶謫，當年在黃州所
處的逆境畢竟是暫時的，在儋耳則情況有所不同。這詩表示
"願受一廛地"而做海南的老百姓，說明了詩人心境的落寞，
縱使曠達也掩蓋不了這種感情的流露。

> 糴米買束薪，百物資之市，
> 不緣耕樵得，飽食殊少味。[1]
> 再拜請邦君，願受一廛地。
> 知非笑昨夢，食力免內愧。[2]
> 春秧幾時花，夏稗忽已穟。
> 悵焉撫未耜，誰復識此意！[3]

注釋

1 "糴米"四句：買米以至於買一把柴草，幾百物品都仰給於
   市上，不是由自己耕耘、採樵等勞力得來的，雖飽了肚皮
   也很乏味。

糴（dí 笛）：買。**束薪**：一束柴薪。**資**：取給。**不緣**：不由。

2　**"再拜"四句**：我一再拜請儋州的守官，給一點官地耕種，落戶做老百姓。過去沒有做對，自笑好像從夢裏過來一樣，以後能夠自食其力，就可免內疚了。

　邦君：地方長官，指儋州守張中。蘇軾初到儋州時，張中待他很好，讓他暫住行衙，一面整修官舍，妥善安置。暇時還陪蘇軾的兒子蘇過下棋，蘇軾棋藝不佳，就在旁觀戰。這期間，蘇軾請張中給官地耕種，好像從前在黃州躬耕一樣。不久，湖南提舉常平官董必察訪嶺南，派人把蘇軾趕出官舍，張中也因此罷官回京。**一廛**：古代指一戶人家所住的房屋。《孟子·滕文公上》："願受一廛而為氓。"作者援引這話的意思，表示願落戶為民。**知非**：陶淵明《歸去來辭》："覺今是而昨非。"

3　**"春秧"四句**：春種的秧苗已記不清是什麼時候揚過了花，到夏天就已吐出了粟穗，這是多麼恬淡自然的耕種生活。悵惘地撫摩著耕犁，陷入沉思，誰又能知道我這樣的心境！春秧、夏稗兩句，意謂沒有居官那種互不相容的機心。

　稗：粟類。穟同穗。**耒**（lěi 磊）**耜**（sì 似）：耕具。耒是犁上的木把，耜是把端的鐵鏵。

　清·紀昀評："託意深微。"

聞子由瘦

作者自注：“儋耳至難得肉食。”

海南難得肉食，生活條件比惠州更劣，但作者眼中不光看到自己，而看到土人以諸芋為糧，鼠蝠為餚，又比自己更甚，思想境界便高。聯想十年京國生活，今天固應安於脫粟，這是何等胸襟。末幾句才點出子由，彼此彼此，戲語紛作，得這詩便勝似花豬肉和黃雞粥了。詩作於紹聖四年（1097）。

按：題下的作者自注，似應在首、二句之下。

五日一見花豬肉，十日一遇黃雞粥。
土人頓頓食諸芋，薦以薰鼠燒蝙蝠。[1]
舊聞蜜唧嘗嘔吐，稍近蝦蟇緣習俗。[2]
十年京國厭肥羜，日日膡花壓紅玉。[3]
從來此腹負將軍，今者固宜安脫粟。[4]
人言天下無正味，蝍蛆未遽賢麋鹿。[5]
海康別駕復何為？帽寬帶落驚僮僕。[6]
相看會作兩臞仙，還鄉定可騎黃鵠。[7]

注釋

1 "五日" 四句：每五天才吃到一次花豬肉，十天才吃到一次黃雞粥。土人吃得更糟，每一頓都以藷芋做主糧，以薰鼠、燒蝙蝠之類為菜餚。

藷：同薯。薦：餚饌。

2 "舊聞" 二句：初時聽說海南土人吃 "蜜唧"，曾覺得噁心而嘔吐，現在稍能吃些蛙蛤，是適應了習俗的緣故。

蜜唧：蜜糖鼠胎。《朝野僉載》說："嶺南獠民好為蜜唧，即鼠胎未瞬（未開眼）、通身赤蠕者，飼之以蜜，釘之筵上，嚙嚙而行，以箸挾取，咬之唧唧作聲，故曰蜜唧。"

蝦蟇："蟇" 即 "蟆"，蝦蟇指蛙蛤。韓愈詩："強號為蛙蛤，於實無所校。余初不下喉，近亦能稍稍。"

以上都是寫海南難得肉食。

3 "十年" 二句：舊日在京師十年，每天嘉餚羅列，款式精美，如花如玉，連肥美的羊羔也吃膩了。

肥羜（zhù 柱）：出生剛五個月的羊羔叫做羜。《詩經·伐木》："既有肥羜，以速諸父。" 烝花壓紅玉：形容餚饌製作精美，如烝花，如壓紅玉。

4 "從來" 二句：一向生活這樣豐厚而無所貢獻，今天本就應該安於粗食。

腹負將軍：作者自注："俗諺云：大將軍食飽捫腹而嘆曰：'我不負汝！' 左右曰：'將軍固不負此腹，此腹負將軍，未嘗出少智慮也。'" 脫粟：粗糧，糙米。

5 "人言" 二句：人們說天下沒有正味，蜈蚣食蛇未必較麋鹿食葛草為甘美。

蛆蛆：亦作蛆且。《莊子‧齊物論》："民食芻豢，麋鹿食薦，蛆且甘帶，鴟鴉嗜鼠，四者孰知正味？" 司馬彪注："帶，小蛇也，蛆蛆好食其眼。"《廣雅‧釋蟲》："蛆蛆，蜈蚣也。"

6　**"海康"二句**：你又為了什麼，瘦至帽圍寬弛，腰帶鬆落，僮僕為之驚異。

　　海康別駕：指蘇轍。

7　**"相看"二句**：我們相見會變成兩個瘦仙人，要是還鄉，定然可以跨上黃鵠迅飛。

　　臞（qú 渠）：消瘦。

被酒獨行，遍至子雲、威、徽、先覺四黎之舍，三首（選二首）

　　這組詩是蘇軾在儋州的生活紀實，可以見到作者和當地人民相處無間，詩句樸野可喜。清人紀昀不喜歡詩中使用了"牛矢"等字眼，王文誥反對其說，指紀昀"囿於偏見，不能自廣"。他說《史記‧廉頗藺相如列傳》有"一飯三遺矢"之句，古人皆據事直書，未嘗以矢字為穢。記事詩也一樣，不能以其他字代替。所見甚是。詩作於元符二年（1099）。

　　黎子雲：《廣東考古輯要‧人物》載："黎子雲，儋州人，家居州東。昆弟貧而好學。城南有別墅，所居皆林木水竹，清幽瀟灑。蘇軾雅敬禮之。每與弟載酒過從，請益問奇。"威、徽、先覺，都是子雲的弟弟。

　　半醒半醉問諸黎，竹刺藤梢步步迷。[1]
　　但尋牛矢覓歸路，家在牛欄西復西。[2]

注釋

1　　"半醒"二句：似醒似醉間，遍訪了幾個姓黎的朋友，林裏盡是竹刺、藤蔓，一步一步地走，不覺迷了方向。

諸黎：即指黎子雲等“四黎”。

二句醉態可掬。

2　**“但尋”二句**：惟有跟著牛糞尋覓歸路，我的家就在牛欄西
面還再靠西那邊。

牛矢：牛糞。

> 總角黎家三四童，口吹蔥葉送迎翁。[1]
> 莫作天涯萬里意，溪邊自有舞雩風。[2]

注釋

1　**“總角”二句**：黎家三四個丱角小童，吹著蔥管子，如奏樂
曲，迎送我這老頭。

　　總角：古代男女未成年前束髮為兩結，形狀如角，稱為總
角。**蔥葉**：細蔥管，吹起來聲似遠聽嗩吶，海南兒童以此
為戲。

2　**“莫作”二句**：不要作羈泊天涯萬里的感嘆，在這溪澗邊就
有習文事而識禮的風尚。

　　舞雩（yú 於）：春秋時祈雨的祭禮和舞蹈形式。《論語·先
進》記載孔子叫眾弟子各言其志，曾點說：“浴乎沂，風乎
舞雩，詠而歸。”受到孔子讚許。這裏借用其意，指海南
兒童能習文事而知禮。

　　清·王文誥評：“此儋州記事詩之絕佳者，要知公當此時，
必無‘令嚴鐘鼓三更月’之句也。”

倦夜

　　元符二年（1099）在儋州作。這詩寫不能成寐，故稱倦夜。詩味平淡自然，情景真切。"孤村一犬吠，殘月幾人行"一聯，出以白描，絕不吃力，而意境甚佳。

　　　　倦枕厭長夜，小窗終未明。[1]
　　　　孤村一犬吠，殘月幾人行。[2]
　　　　衰鬢久已白，旅懷空自清。[3]
　　　　荒園有絡緯，虛織竟何成！[4]

注釋

1　　"倦枕"二句：睡久不寐，反覺困倦，長夜漫漫使人生厭，
　　　可是小窗外邊終未破曉。

2　　"孤村"二句：聽到一頭村犬叫吠聲，殘月下大概有幾個人
　　　在行路。
　　　這一聯寫景如在目前。

3　　"衰鬢"二句：衰年的鬢髮早就白了，羈旅情懷做到澄心滌
　　　慮，也只聊以自慰，沒有什麼用處。

4　　"荒園"二句：荒園的絡緯在鳴，像是織布聲，它沒有織

機，虛織能有什麼所成呢！

絡緯：蟲名，即莎雞，鳴聲札札，似紡織，俗稱紡織娘，或絡絲娘。**虛織**：庾信詩：「絡緯無機織。」孟郊詩：「暗蛩有虛織。」此用其意。作者有所感觸，以絡緯的虛織自比。

清·查慎行評：「通體俱得少陵神味。」

庚辰歲人日作，時聞黃河已復北流，老臣舊數論此，今斯言乃驗，二首（選其一）

　　庚辰為元符三年（1100），蘇軾從貶到惠州以迄海南，度過六個人日，繫念中的孫子已經學會作詩，可見時間不短。這年人日更使蘇軾興感的是黃河已復北流，人還未獲北歸。自從熙寧、元豐年間黃河決堤後，治河問題一直引起爭論，文彥博、呂大防等主張塞河，使河水回復東流；蘇軾主張疏導，讓河水北流入海。元祐三年（1088）他任翰林學士時曾上書詳論此事。又在隨侍哲宗讀《祖宗寶訓》時，力陳黃河的水勢要向北流，現在強使它東流，極不得法，因此執政大臣和主持治河的人都銜恨他。到這時事實證明他使河水北流的建議是可取的。"三策已應思賈讓，孤忠終未赦虞翻"，怨恨之情，如聞其聲。他引以自況的賈讓，也是主張疏導黃河北流入海的，身份極切。

　　老去仍棲隔海村，夢中時見作詩孫。[1]
　　天涯已慣逢人日，歸路猶欣過鬼門。[2]

三策已應思賈讓，孤忠終未赦虞翻。[3]

典衣剩買河源米，屈指新篘作上元。[4]

注釋

1. "老去"二句：老了還羈棲在海峽阻隔的鄉村，常縈思在夢中的孫兒，已經會寫詩了。

   作詩孫：指孫兒蘇符，即蘇邁的兒子。陸游《老學庵筆記》載："在蜀見蘇山藏公墨跡疊韻《竹》詩後題云：'寄作詩孫符。'"

2. "天涯"二句：遠在天涯度過人日，這些年來已成慣事，但還冀幸有日能夠踏上歸路。

   人日：農曆正月初七。鬼門：關名。在廣西北流縣西，為古代往來交趾通道。諺語云："若度鬼門關，十去九不回。"意謂南方多瘴癘。

3. "三策"二句：只要提起治河三策，已該想起賈讓，可是忠心耿耿的虞翻，終竟沒有得到赦歸。這裏以賈讓、虞翻自況。

   賈讓：漢哀帝時人。曾上治理黃河三策：上策導引黃河北流入海；中策多開漕渠，分殺水勢；下策修繕河堤，加高培厚。這是古來河防名論。這裏緊扣河復北流，說朝廷應當想念自己的忠言。孤忠：忠心耿耿而得不到支持。虞翻：字仲翔，三國時吳人，知名學者。性疏直，好酒。因得罪孫權被貶謫為交州（治地在廣州）刺史，十多年後，死在貶所。這裏作者引以自傷，說北歸瀕於絕望。

4 **"典衣"二句**：典當衣服，也還得多買些米來釀酒，算來沒

幾天就是上元節了。

剩：更，還要。**河源米**：河源，縣名，在廣東東江流域。

宋時，海南糧食不足，靠北船運米接濟，因此海南能買到

河源米。作者《縱筆》詩説："北船不到米如珠"，可證。

新篘：篘是保護酒甕的竹籠。新春時在籠上插些新鮮草

葉，表示吉慶，稱為"插篘"。白居易詩："一甕香醪新插

篘。"**上元**：農曆正月十五日為上元節。

結句又抱有新的期望，作者的心事如畫。

汲江煎茶

元符三年（1100），在海南儋州作。煎茶本是日常生活瑣事，卻又是自唐以後人們很講究的一門藝術。這詩的特點是把煎茶寫得極富於情趣；水要活水，火要活火，為了取水，夜間親下釣石，不僅取其清，而且取其深，這時又產生"貯月"、"分江"的想像；到了煎茶的時候，全神觀察火候，過程很細緻。"茶雨已翻煎處腳，松風忽作瀉時聲"，句法奇峻，不失豪邁奔放的本色。末尾寫茶後不眠，又扣住了謫居生活，長夜的心情起伏，也是由茶味帶出來的。

> 活水還須活火烹，自臨釣石取深清。
> 大瓢貯月歸春甕，小杓分江入夜瓶。[1]
> 茶雨已翻煎處腳，松風忽作瀉時聲。[2]
> 枯腸未易禁三碗，坐聽荒城長短更。[3]

注釋

1   "活水"四句：流動的活水還得用起焰的活火煎烹，我親到釣磯石上汲取深澈澄清的江水，正在夜間，大瓢舀起水中

春月放進甕裏，小杓把分得的浩蕩江河注入瓶中。後兩句
是詩人的奇想。

活水：長流水。朱熹詩：「為有源頭活水來。」**活火**：唐‧
趙璘《因話錄》：「活火，謂炭之焰也。」此指猛火。又謂：
「茶須緩火炙，活火煎。」**貯月**：月影在水中，瓢兒彷彿把
它舀起。唐‧韓偓詩：「瓶添澗水盛將月。」

2　**「茶雨」二句**：煎至茶腳像雨點般翻動，忽然響起松濤怒瀉
似的水沸聲。

　　煎處腳：煎出了茶腳。茶腳指茶葉在烹煮時散出來的茶
色，例如《茶譜》所說湖州的研膏、紫筍茶，「烹之有綠腳
垂下」。

3　**「枯腸」二句**：思緒過多，經不住三碗好茶，就長夜不眠，
坐聽著荒城更鼓，一更一更地過去。

　　枯腸：形容思慮枯竭。盧仝詩：「三碗搜枯腸。」**長短更**：
更鼓的點數多是長更，點數少是短更。

　　宋‧楊萬里評：「一篇之中，句句皆奇，一句之中，字
字皆奇。」

儋耳

元符三年（1100）作於儋州。這詩題為儋耳，實為獲得將要放還的喜訊而作。這年初哲宗病逝，徽宗趙佶繼位，被貶逐的官員逐漸內遷，蘇軾也在其中。詩中以雨後放晴比喻時局變化，並襯托出小人被黜，王命新頒，詩意明顯。作者豪情快意，一瀉而出。三、四句很精警。後說年老，萬念已灰，這時作者已六十五歲，不免有力不從心之感。

> 霹靂收威暮雨開，獨憑闌檻倚崔嵬。[1]
> 垂天雌霓雲端下，快意雄風海上來。[2]
> 野老已歌豐歲語，除書欲放逐臣回。[3]
> 殘年飽飯東坡老，一壑能專萬事灰。[4]

注釋

1　**“霹靂”二句**：暮雨放晴，憑闌縱望，頓時有雷霆息怒，朝政更新之感。

　　倚崔嵬：這裏說憑眺的地方，後倚高山。

2　**“垂天”二句**：天上一道陰暗的虹霓從雲端降下，邪氣為之消失，雄風在海上吹來，使人精神大振。

垂天：蔽天。**雌霓**：古人認為虹有雌雄之分，霓是指雌
虹。《埤雅》：「虹常雙見，鮮盛者雄，其闇者雌。」這裏以
雌霓比喻小人。這時章惇等被罷黜，故喻為雌霓下墜。**雄
風**：宋玉《風賦》：「此大王之雄風也。」此用其意，説朝
廷的新命將要頒到海南。

3　**「野老」二句**：村野的父老已在謳歌豐收的年景，詔書正擬
放逐臣回去。

　　除書：拜官的詔書。除去舊官職，改授新官職，故稱除書。

4　**「殘年」二句**：貶逐殘生，吃到飽飯，我已年老無用，只求
漁釣於一丘一壑之間，於願已足。

　　一壑能專：生活專寄託在丘壑間。《漢書‧敘傳》：「漁釣於
一壑，則萬物不奸其志。」王安石詩：「我亦暮年專一壑。」
清末‧吳汝綸評：「雄宕。」

澄邁驛通潮閣

　　元符三年（1100）五月，蘇軾奉到詔命，內遷廉州（今屬廣西）。他離開了謫居整整三年的儋州，途經海南島北面的澄邁縣驛時，登上通潮閣，眺望碧海，心神飛越，因而作詩。這詩寫出了渡海北歸和熱望中原的激切心情。

　　澄邁縣驛的通潮閣，一名通明閣，故址在澄邁縣西。

　　餘生欲老海南村，帝遣巫陽招我魂。[1]
　　杳杳天低鶻沒處，青山一髮是中原。[2]

注釋

1　"餘生"二句：衰朽之身將要老死在海南的村野，朝廷召還的詔書似是從天而降。
　　餘生：暮年。**帝**：天帝。這裏指朝廷。**巫陽**：女巫名。《楚辭·招魂》："帝告巫陽曰：'有人在下，我欲輔之。魂魄離散，汝筮予之。'"巫陽於是"乃下招曰：'魂兮歸來！'"這裏以招魂比喻召還。

2　"杳杳"二句：在海的遠方，水天相接，鶻鳥飛到那兒也看不見了，隱約可見的青山，僅像一根毫髮那樣纖細，而那兒就是中原所在地。

杳杳（yǎo 窈）：深遠。**鶻沒**：鶻鳥飛逝，逐漸隱沒。**中原**：地域名。狹義的中原，指今河南一帶。廣義的中原，指黃河中、下游地區或整個黃河流域。這裏不受這個地域概念限制，而是說中原就在海的那邊。

清·紀昀評："神來之句。"

六月二十夜渡海

　　《詩》有六義，"比"是其中的一種藝術表現手法。所謂比，即指物譬喻。蘇軾在久謫之後，一旦渡海北歸，心情振奮，是頗難言喻的。這詩上半首全用比體，因在夜間和海上，所寫既是渡海時的景色，又隱示了朝政的變化，政敵的被黜，自己消除了垢辱，語意明白，又無痕跡，比喻至為巧妙。後半直抒興奮心情，神完氣足。詩寫於元符三年（1100），時作者渡海到廉州。

> 參橫斗轉欲三更，苦雨終風也解晴。[1]
> 雲散月明誰點綴？天容海色本澄清。[2]
> 空餘魯叟乘桴意，粗識軒轅奏樂聲。[3]
> 九死南荒吾不恨，茲遊奇絕冠平生！[4]

注釋

1　"參橫"二句：參星橫斜，北斗轉向，夜已將半，整天的暴風雨也會有放晴的時候。

　　參橫斗轉：參橫斗轉原指天將明之時。《宋史‧樂志‧奉禋

271

歌》：「斗轉參橫將旦，天開地闢如春。」這裏說時近三更，清·王文誥解釋為「海外測星與中原異」，所以「此句與內地不合」。**苦雨**：久雨。**終風**：終日暴風。《詩經·邶風》有《終風》一篇，以終風比喻衛莊公的狂蕩暴戾。這裏用以隱喻朝政。

2　**「雲散」二句**：這時陰霾已散，月色皎潔，誰能給它抹黑？青天碧海本來就是澄澈明淨、不帶塵垢的。

點綴：用會稽王道子和謝重對答的故事。晉時，謝重為會稽王道子驃騎長史。一夜，隨侍在坐，道子大讚好月色。謝重隨口說道：「我看不如有微雲點綴。」道子戲道：「你居心不淨，還想弄污穢天宮嗎？」事見《晉書·謝重傳》。清·王文誥認為「雲散月明」句是指章惇被黜，「天容海色」句是作者暗喻自己。可供參考。

3　**「空餘」二句**：幾年來平白留下孔子浮海避世的思想印記，此刻聽著海濤聲，我粗略懂得這是軒轅黃帝的樂章。

魯叟：指孔子。《論語·公冶長》：「子曰：道不行，乘桴浮於海。」桴是用竹木做成的筏。作者因從海島內遷，故翻用其意。**軒轅**：即黃帝。《莊子·天運》：「黃帝張咸池之樂於洞庭之野。」這裏以黃帝奏樂喻海上的濤聲。

4　**「九死」二句**：多次將要死在南荒，我並不悔恨，這次遊歷極為瑰奇，可說是平生之冠。

九死：屈原《離騷》：「亦余心之所善兮，雖九死其猶未悔！」

過嶺二首 (選其二)

徽宗建中靖國元年（1101）正月，蘇軾自韶州度大庾嶺，經江西虔州北歸。七年嶺外生涯，終成過去。詩的上半首寫重過曹溪佛地，頓感去來都身如醉夢。下寫大庾嶺上的澗水、煙嵐使身心一快，胸中塵垢全消。詩意頗多感慨。

> 七年來往我何堪，又試曹溪一勺甘。[1]
> 夢裏似曾遷海外，醉中不覺到江南。[2]
> 波生濯足鳴空澗，霧繞征衣滴翠嵐。[3]
> 誰遣山雞忽驚起？半岩花雨落毵毵。[4]

注釋

1　"七年"二句：七年的貶謫路途夠難受的！今天又飲到一勺曹溪水，可真甘美。

　　七年來往：作者自紹聖元年（1094）貶惠州，後再貶儋州，元符三年（1100）量移廉州，建中靖國元年（1101）過大庾嶺北歸，共歷七年。曹溪：在廣東曲江東南，佛教禪宗六祖惠能在此創建南華禪寺。作者南遷時，曾過南華寺，有詩。一勺：勺是舀東西的器具，又是量名。一勺言不多。

273

2 "夢裏" 二句：身在夢中，似曾貶去海南，醉昏昏地忽又回到江南，此事想來十分迷惘。

江南：泛指長江以南。春秋、戰國、秦漢時，一般指今湖北的江南部分和湖南、江西一帶。近代專指今蘇南和浙江一帶。作者過嶺後入江西虔州，指為江南，是泛稱。

3 "波生" 二句：潤水生波，鳴聲淙淙，正好濯足，煙嵐繚繞，翠色欲滴，似為我洗滌征衣。

4 "誰遣" 二句：是什麼驚動了山雞，突然飛走？原來半岩上飄落一陣花雨，毿毿而下。

毿毿（sān 三）：毛細長貌，這裏形容落花如雨。

自題金山畫像

《金山志》："李龍眠畫子瞻照，留金山寺，後東坡過金山，自題云云。"李龍眠即李公麟，北宋畫家，與蘇軾有深交。蘇軾於建中靖國元年（1101）從嶺南北歸，將要回常州，經鎮江在金山寺作此詩。兩個月後，蘇軾在常州病逝，年六十六。這首六言詩自題畫像竟成了自輓。平生功業，歸結為黃州、惠州、儋州，言簡意賅，是自諷的諧語，又是深長的慨嘆，六個字勝似千言萬語。

> 心似已灰之木，身如不繫之舟。[1]
> 問汝平生功業，黃州惠州儋州。[2]

注釋

1　"心似"二句：心事似燒成灰燼的槁木，飄然一身，如同沒有繫纏的舟船。

2　"問汝"二句：問你平生有什麼功業，初貶黃州，次貶惠州，三貶儋州。

附錄：蘇軾年譜簡編

蘇軾（1037—1101），字子瞻，初字和仲，號東坡，四川眉州眉山人。祖父蘇序；父蘇洵，北宋學者，與子軾及轍俱以文著名，世稱"三蘇"。母程氏。

宋仁宗景祐三年丙子 (1036—1037)　一歲

蘇軾生於四川眉山縣城紗穀行。時為十二月十九日，依公曆推算，是 1037 年 1 月 8 日。

慶曆二年壬午 (1042)　七歲

開始讀書。知歐陽修、梅堯臣文名。

慶曆三年癸未 (1043)　八歲

入小學，師為天慶觀道士張易簡。

慶曆五年乙酉 (1045)　十歲

聽母親程氏講授《漢書·范滂傳》，奮發有當世志。

至和元年甲午（1054）　十九歲

娶四川青神縣進士王方之女王弗為妻。

至和二年乙未（1055）　二十歲

到成都，謁張方平。張待以國士。

嘉祐元年丙申（1056）　二十一歲

與弟轍隨父赴汴京（今河南開封）應試。

嘉祐二年丁酉（1057）　二十二歲

春，與弟轍應試禮部，兄弟同科進士及第。深受歐陽修讚賞，謂"老夫當避此人放出一頭地！"是時蘇氏父子三人名震京師。四月，母程氏卒於眉山，奔喪歸里。

嘉祐四年己亥（1059）　二十四歲

與弟轍及父洵再赴汴京，途中所作詩文為《南行集》。是年長子蘇邁生。

嘉祐五年庚子（1060）　二十五歲

至京。授河南福昌縣主簿，弟轍澠池縣主簿，俱未赴任。

嘉祐六年辛丑 （1061） 二十六歲

參加制科考試，中第列三等。除大理評事，鳳翔府簽判。十一月與弟轍別於鄭州，作《和子由澠池懷舊》。十二月到任。

嘉祐七年壬寅 （1062） 二十七歲

在鳳翔。春，赴寶雞、虢、郿、盩屋四縣減決囚犯。

嘉祐八年癸卯 （1063） 二十八歲

在鳳翔。始識陳慥。慥為新任鳳翔知府陳希亮第四子。

英宗治平元年甲辰 （1064） 二十九歲

在鳳翔。與文同訂交於歧下。同字與可，善畫竹。十二月罷鳳翔任，赴長安，遊驪山。

治平二年乙巳 （1065） 三十歲

正月還朝，判登聞鼓院，直史館。五月，妻王弗卒於京師。

治平三年丙午 （1066） 三十一歲

在京師。四月，父蘇洵卒。

治平四年丁未（1067）　三十二歲

與弟轍護父喪返川。

神宗熙寧元年戊申（1068）　三十三歲

十月，續娶王弗堂妹、王介幼女王閏之為妻。冬，與弟轍攜家赴汴京，途中在長安度歲。

熙寧二年己酉（1069）　三十四歲

二月還朝，在京任殿中丞直史館、判官告院。是年王安石始行新法。

熙寧三年庚戌（1070）　三十五歲

在京師。弟轍以議新法忤王安石，自三司條例司屬官出為陳州學官。第二子蘇迨生。

熙寧四年辛亥（1071）　三十六歲

春間，自判官告院政權開封府推官。上書神宗，論朝政得失，忤王安石。四月奉命通判杭州。七月出京，赴陳州見蘇轍，初識張耒。九月與弟轍赴潁州謁歐陽修。十一月到杭州任。作《遊金山寺》、《臘日遊孤山訪惠勤、惠思二僧》、《戲子由》等詩。

熙寧五年壬子（1072）　　**三十七歲**

在杭州。冬間，赴湖州相度堤岸利害，晤湖州太守孫覺。作《吳中田婦嘆》、《吉祥寺賞牡丹》等詩，反映民間疾苦，有所託諷。少子蘇過生。

熙寧六年癸丑（1073）　　**三十八歲**

在杭州。行部富陽、新城，始識晁補之。協助陳襄修復錢塘六井。往常州、潤州賑饑。作《法惠寺橫翠閣》、《飲湖上初晴後雨》、《山村五絕》等詩。

熙寧七年甲寅（1074）　　**三十九歲**

在杭州。納妾王朝雲。行部至於潛，識詩僧參寥。十一月改知密州。是年鄭俠上《流民圖》，王安石罷相。

熙寧八年乙卯（1075）　　**四十歲**

知密州。重葺超然台，作記。作《江城子·記夢》，悼念亡妻王弗。二月王安石復相。

熙寧九年丙辰（1076）　　**四十一歲**

在密州。作《水調歌頭·丙辰中秋》。十二

月以祠部員外郎直史館移知河中府，離密州。是年王安石再罷相，不復出。

熙寧十年丁巳（1077） 四十二歲

改知徐州。四月到任。七月河決澶淵，親率軍民防洪，徐州得以保全。作《河復》等詩。

元豐元年戊午（1078） 四十三歲

在徐州。建黃樓，重陽大會賓客。秦觀來謁。與參寥遊百步洪。作《九日黃樓作》、《百步洪》等詩。

元豐二年己未（1079） 四十四歲

三月改知湖州。四月到任。七月御史李定等交章彈劾所作詩文語涉訕謗，被逮。八月下御史台獄。十二月出獄，責授黃州團練副使，本州安置。

元豐三年庚申（1080） 四十五歲

二月到達黃州貶所，州守徐大受待之厚。初居定惠院，後遷城南臨皋亭，築南堂。作《梅花》等詩。

元豐四年辛酉（1081）　四十六歲

在黃州。躬耕東坡。陳師仲自杭州來書，告以編成《超然》、《黃樓》二集。撰《易傳》、《論語說》成。

元豐五年壬戌（1082）　四十七歲

在黃州。築“東坡雪堂”，自號東坡居士。兩遊赤壁，寫前後《赤壁賦》和《念奴嬌·大江東去》。

元豐六年癸亥（1083）　四十八歲

在黃州。參寥來訪。

元豐七年甲子（1084）　四十九歲

遷汝州團練副使。遊廬山、石鐘山。過金陵訪王安石。年底到泗州，上表求常州居住。作《題西林壁》、《石鐘山記》。

元豐八年乙丑（1085）　五十歲

得神宗詔旨，允許常州居住。六月自常州起知登州。十月到任才五日，被召還朝任禮部郎中，遷起居舍人。

哲宗元祐元年丙寅（1086）　五十一歲

在京師。自起居舍人升為翰林學士，知制誥。對司馬光盡廢新法有所保留。是年王安石、司馬光相繼去世。

元祐二年丁卯（1087）　五十二歲

在京師。因政見不洽，四上札乞外任，不許。

元祐三年戊辰（1088）　五十三歲

在京師。因言事遭新舊兩黨攻擊，又連上札乞郡，仍不許。

元祐四年己巳（1089）　五十四歲

在京師。連章請郡，三月以龍圖閣學士充浙西路兵馬鈐轄知杭州軍州事。五月過南都，謁張方平。七月到達杭州任所。時方旱饑，疏浚茅山、鹽橋二河，以工代賑。

元祐五年庚午（1090）　五十五歲

在杭州。春夏間，疏浚西湖，建堤橋，即蘇公堤。秋，大雨，太湖泛濫，上疏請求救災。作《贈劉景文》等詩。

元祐六年辛未（1091）　五十六歲

五月被召入京，任翰林學士，知制誥，兼侍讀。還京時繞道視察湖州、蘇州水災。八月出知潁州軍州事。

元祐七年壬申（1092）　五十七歲

在潁州。春，疏浚潁州西湖。被命移知揚州軍州事。八月以兵部尚書召還。十一月遷端明殿學士兼翰林、侍讀學士，守禮部尚書。

元祐八年癸酉（1093）　五十八歲

在京任端明殿學士，左朝奉郎、禮部尚書。八月，妻王閏之卒於京師。九月出知定州軍州事。

紹聖元年甲戌（1094）　五十九歲

在定州。四月以諷斥先朝罪名貶知英州。未至貶所，八月再貶寧遠軍節度副使惠州安置，不得簽署公事。十月二日到達貶所，時詹范守惠州。蘇邁、蘇迨歸宜興，蘇過與朝雲同行。

紹聖二年乙亥（1095）　六十歲

在惠州。作《荔枝嘆》等詩。

紹聖三年丙子（1096）　六十一歲

在惠州。買白鶴觀地築屋。助修惠州東西二橋。七月，朝雲病故。作《悼朝雲》等詩。

紹聖四年丁丑（1097）　六十二歲

在惠州。白鶴峰新居落成。子邁來惠州探望。四月責授瓊州別駕，移送昌化軍（屬今海南島）安置。五月遇弟轍於藤州。六月渡海。七月抵貶所，儋守張中待之甚恭。

元符元年戊寅（1098）　六十三歲

在儋州。被逐出官屋，在城南桄榔林下買地築屋，名曰桄榔庵。潮州人吳子野渡海從蘇軾學。

元符二年己卯（1099）　六十四歲

在儋州。瓊州進士姜唐佐從蘇軾學。從惠州至儋州，除繼續修改《易傳》、《論語說》外，又作《書傳》十三卷。著《志林》，未完稿。

元符三年庚辰（1100）　六十五歲

在儋州。五月量移廉州。旋改舒州團練副使，永州安置。行至英州，得旨復朝奉郎提舉成都府玉局觀。年底越南嶺北歸。

徽宗建中靖國元年辛巳（1101） 六十六歲

正月抵虔州。五月至真州，作《自題金山畫像》詩。暴病，止於常州。六月上表請老，以本官致仕。七月二十八日卒。

崇寧元年壬午（1102）

六月，葬於汝州郟縣鈞台鄉上瑞里。